Eine Art zu lesen
Eine Art zu fliegen

GOYA

Das Buch

Es gibt Gerüchte darüber, wohin Mary Bones Schwester damals verschwunden ist. Schon als Kind hat deren Schönheit den ganzen Ort in ihren Bann gezogen, war manchen ein Dorn im Auge, wirklich hinsehen wollte jedoch niemand. Aber im Dorf gibt es noch mehr Geschichten. Während Jugendliche aus Verzweiflung zu Brandstiftern werden, träumt ein dement werdender Mann von einem kleinen Mädchen, das er mal gekannt hat, und Marys Tochter, fasziniert von dem einen übrig gebliebenen Foto ihrer verschollenen Tante, möchte mehr über die Vergangenheit erfahren.
Ein zarter, fast märchenhafter und zugleich sprachgewaltiger Roman über die Verstrickungen innerhalb eines Dorfes, das Schicksal einer starken Frau und darüber, wie erdrückend ein einziges Wort sein kann.

Die Autorin

Alex McCarthy ist in Cardiff geboren und in South Wales aufgewachsen. Sie schloss ein Studium an der London Contemporary Dance School ab und arbeitete einige Jahre als Tänzerin und Choreografin bei Bühnenstücken, Film und Fernsehen, bevor sie sich ganz dem Schreiben widmete. *Die Schönheit der Rosalind Bone* ist ihr erster Roman und wird in mehrere Sprachen übersetzt. McCarthy lebt in Wales.

Die Übersetzerin

Silke Jellinghaus studierte Neuere Deutsche Literatur, Neuere Englische Literatur, Philosophie sowie Amerikanische Literaturgeschichte in Tübingen, New York und München. Nach mehreren Stationen in Buchverlagen, z. B. bei Rowohlt in Hamburg, arbeitet sie seit 2008 freiberuflich als Literaturübersetzerin, Autorin und Lektorin. Übersetzt hat sie unter anderem Werke von Jojo Moyes, Graham Norton und Olivia Manning.

Alex McCarthy

Die Schönheit der Rosalind Bone

ROMAN

ÜBERSETZT VON SILKE JELLINGHAUS

GOYA

Die Originalausgabe erschien 2023 unter dem Titel
The Unbroken Beauty of Rosalind Bone
bei Doubleday, einem Imprint von Transworld Publishers, UK.

Das gleichnamige Hörbuch erscheint bei GOYALiT.
Dieses Buch ist auch als E-Book erhältlich.

Besuchen Sie uns im Internet: www.goyaverlag.de

Cyfnewidfa Lên Cymru
Wales Literature Exchange

Dieses Buch wurde veröffentlicht mit der
Unterstützung von Wales Literature Exchange.

Aus Verantwortung für die Umwelt hat sich der GOYA Verlag dazu entschlossen,
keine Plastikfolie zum Einschweißen der Bücher zu verwenden.

FSC www.fsc.org MIX Papier | Fördert gute Waldnutzung FSC® C014496

1. Auflage 2024
Deutsche Erstausgabe

Umschlagabbildung: Solly Smook
Umschlaggestaltung: Marcelo Marques
Lektorat: Milena Schilasky
Satz: Pinkuin Satz und Datentechnik, Berlin
Gesetzt aus der Apollo MT Std
Printed in Germany
ISBN 978-3-8337-4640-6

Für Polly

BEDEUTUNG UND AUSSPRACHE VON »CWMCYSGOD«

Der Ortsname Cwmcysgod bedeutet »Schattental« (cwm = Tal, cysgod = Schatten). Es ist für die Lesenden hilfreich, zu wissen, dass sich das walisische Alphabet vom englischen Alphabet unterscheidet. »Y« und »W« sind zum Beispiel Vokale und keine Konsonanten.

Erste Silbe »cwm«: hartes »k« wie im Wort »kann«; »wm« ähnelt der Aussprache des deutschen Wortes »um«.

Zweite Silbe »cys«: hartes »k« wie oben; »ys« wird wie »as« mit kurzem Vokal ausgesprochen.

Dritte Silbe »god«: wie das englische Wort »god« für »Gott«.

Alle Silben werden gleich stark betont.

GLOSSAR WALISISCHER WORTE

Blodeuwedd	die Frau des Lleu Llaw Gyffes aus der walisischen Mythologie. Sie wurde von den Zauberern Math und Gwydion aus Blumen erschaffen.
bach	klein
cysga'n drwm	So wünscht man sich eine gute Nacht: »Schlaf tief und fest!«
Butt / butty	Slang für »Kumpel«. Ist kein walisisches Wort, wird aber nur in Wales benutzt.
Dadi	Daddy
nos da	gute Nacht
ych y fi	igitt

1 CWMCYSGOD, 2001

Als das Gras Feuer fing, wurde es schwarz, bevor man auch nur eine Flamme sah, seine Farbe verzehrt von der unsichtbaren Hitze, es blieb nur ein Flickenteppich aus brüchigen, verkohlten Stoppeln. Das junge Feuer schlängelte sich geduckt, schnell und gefräßig auf Knöchelhöhe durch trockenes Sommergras, loderte auf und erstarb wieder, am Boden verhaftet, angeschoben und mitgerissen vom Wind. Die Clements-Brüder saßen in der Hocke, angespannt und aufgeregt. Ihre Blicke verfolgten den Laufweg des Feuers, sahen zu, wie sich seine Spuren verflochten und in Fraktale fragiler Zerstörung aufspalteten, bis es schließlich zu seinem Höhepunkt anschwoll und viele Spuren zu einer breiten Walze rauchender, tanzender, verzückter Berghangvernichtung verschmolzen.

Aus den Ästen und Kronen entfernter Bäume erhoben sich Raben, breiteten die Flügel aus, ihre Stimmen kratzten am Himmel. Die Brüder wandten sich von dem Feuer ab und beeilten sich davonzukommen, begeistert von ihrem heimlichen Streich, ihrem Griff nach der Macht.

Sie gingen schweigend, die Berührung der Sonne Balsam auf ihrer Haut, der jeden Schmerz vertrieb.

Unter ihnen lag zu Hause. Cwmcysgod, dessen Dächer allenfalls von den längsten Strahlen der Nachmittagssonne gestreift wurden, was das Herz des Dorfes in ewigem Schatten liegen ließ.

Die Clements-Brüder nahmen den Schafspfad den Berg hinab, eine Schlammspur, die so schmal war, dass man immer einen Fuß direkt vor den anderen setzen und gut hinsehen musste, um sich nicht wegen eines Felsbrockens oder der Steine am Wegrand den Knöchel zu verknacksen. Dass sie langsamer gehen mussten, dämpfte ihre Hochstimmung, und als sie unten in Cwmcysgod ankamen, hatten sie bereits das Gefühl, nichts erreicht zu haben, als hätte die Pracht ihres Feuers niemals existiert.

Das Feuer jedoch raste unbeobachtet den Hang hinauf in die Wälder. Es kroch durch das Haselgestrüpp, um sich zwischen den illegitimen Sprösslingen lang gefällter Kiefern auszubreiten. Die Streu aus Kiefernnadeln knisterte und ging in Flammen auf, trug das Feuer weiter in Richtung Mitte des Waldes. Dort lag schlafend eine alte Frau, in ihren Ausdünstungen zusammengerollt auf einem Bett aus Milchkästen, Tränen der Vergangenheit hatten über ihre wettergegerbten Wangen Linien gezogen.

Der Wind ließ nach, und der Rauch sank hinab und hüllte das Dorf ein, folgte den Clements-Brüdern nach Hause. Er quoll über die Gartenmauern. Graue Rauchkringel tanzten zwischen den trocknenden Unterhosen und Laken an Wäscheleinen und machten die Reinigungsarbeiten derjenigen zunichte, die bemüht waren, all ihre Geheimnisse wegzuwaschen.

Im kleinsten der Reihenhäuser, zu dem der Rauch es am weitesten hatte, ging Mary Bone in Strumpfsocken geräuschlos über das Linoleum aus dem Flur in die Küche.

»Riechst du das Feuer?«

Ihre Tochter Catrin knallte die Küchenschublade zu und klemmte sich dabei ein Stück Haut am Finger ein. Vor

Schmerz atmete sie scharf ein und drehte sich um, begegnete dem Blick ihrer Mutter.

»Ernsthaft, riechst du das?«, fragte diese und kniff die Augen zusammen, weil sie versuchte, die Sorge wegen des herankriechenden Rauchs und die Sorge wegen der herumschnüffelnden Tochter in eine Rangfolge zu bringen.

Das Mädchen zuckte mit den Schultern, trat durch die Hintertür und schnupperte draußen in die Luft.

»Sieh mal den Berg hoch«, sagte Mary Bone. »Die fackeln das verdammt noch mal ab – diese Mistkerle ziehen wieder ihre üblichen Tricks durch. Na ja, irgendwer wird sicher die Feuerwehr rufen.«

»Wir haben keine Milch mehr, Mam. Ich geh welche holen.«

»Bring mir auch den *Argus* von heute mit. Ich muss wissen, was in der Welt los ist.« Mary legte zwei Pfundmünzen in die Handfläche ihrer Tochter und kniff sie in die Wange, als wäre sie eine Vierjährige.

»Lass das«, beschwerte sich Catrin und wedelte ihre Hand weg, bedachte ihre Mutter jedoch nichtsdestotrotz mit der Andeutung eines Lächelns.

»Du bist immer noch mein Mädchen, oder nicht?«

»Ich bin sechzehn, Mam, Herrgott noch mal!«

Mary Bone nahm die Wäsche von der Leine ab, die sie zwischen zwei rostigen Pfosten aufgespannt hatte. Eine Wäscheklammer aus Plastik zerbrach ihr zwischen den Fingern, die Feder schoss durch die Luft und traf sie am Augenwinkel.

Sechzehn.

Sie warf die Laken in den Wäschekorb und setzte sich auf die Mülltonne aus Stahlblech, um den Bergen auf der anderen Seite des *Cwm* beim Brennen zuzusehen. Sie zündete sich eine Zigarette an und dachte an ihre Schwester. In ihrer Vorstellung hatte Rosalind ebenfalls eine Zigarette in der Hand, doch auf ihre schnellte ein Gewimmel aus Männerhänden zu, die ihr alle Feuer geben wollten. So war es immer gewesen.

Mary ließ ihre zu Ende gerauchte Zigarette fallen und sah zu, wie der letzte halbe Zentimeter bis zur Spitze verglomm. Rosalind klappte ihr silbernes Zigarettenetui zu.

In dem Laden an der Ecke saß die alte Mrs Williams in ihrer ganzjährig getragenen Kombination aus Strickjacke und Mantel auf einem hohen Hocker hinter der Theke. Ihr winziges Gesicht lugte aus dem Kopftuch hervor, das wie eine Schraubzwinge unter dem Kinn verknotet war. Marys Tochter Catrin ging zum Kühlschrank hinten im Laden und nahm die letzte Packung Milch heraus. Sie hatte Daniel Clements nicht bemerkt, der sich zwischen den Regalen vor ihr wegduckte.

Mrs Williams behielt Shane, den älteren Bruder, im Blick, der die Pornoheftchen befingerte, von denen sie stets eine ansehnliche Auswahl im Laden vorrätig hatte. Beobachtete, wie er sich Seite für Seite in gespreizte Beine und leichtfertige Versprechen vertiefte. Diese Teenager, die einem hier im Laden die Luft wegatmeten. Es überhaupt nicht eilig hatten. Daran waren die Mütter von heute schuld: Im ganzen Tal hatte es seit Jahren keinen versohlten Hintern mehr gegeben.

Die alte Frau brummte vor sich hin und nahm nickend zur Kenntnis, dass Catrin die Milch und die Zeitung bezahlte.

Auf dem Weg hinaus musste sich Catrin an Shane Clements vorbeizwängen. Sie machte sich ganz dünn, um ihre Existenz auf ein Minimum zu reduzieren, aber seine Augen fanden ihre Brüste trotzdem. Aus der Nähe rochen seine Klamotten nach Rauch. Catrin trat hinaus auf den rissigen, klebrigen Asphalt und atmete eine Scham aus, die nicht sie hätte empfinden sollen, dann machte sie sich auf den Heimweg den Hügel hinauf.

Dai Bevel stand dicht hinter seinem Gartentor und beobachtete, wie Catrin vorüberging, auf dieselbe Weise, wie eine Eule einer Feldmaus mit den Augen folgen würde: der Körper bewegungslos, die Krallen einsatzbereit, Kopf um die eigene Achse drehend.

»Du siehst aus wie Rosalind Bone …«, sagte er. »Ohne die Schönheit.«

Das sagte er immer, wenn er sie sah. *Dai Widerling Bevel.*

Um sechs Uhr tauchten von der Landstraße her Löschzüge mit eingeschalteten Sirenen auf. Die Reihe der Haustüren entlang der Hauptstraße öffnete sich. Auch in den Nebenstraßen traten die Leute auf die Türschwellen ihrer Reihenhäuser, begierig nach etwas Aufregendem. Arme verschränkten sich vor Brustkörben, Hälse wurden gereckt. Sie schüttelten die Köpfe über dieses Clements-Pack und gingen eilig wieder hinein, schlossen die Türen, um Abendbrottische zu decken, Fernseher einzuschalten oder den Trost zu schlürfen, der sich in einer Tasse Tee finden lässt. Mary Bone kam nicht auf die Straße. Sie saß auf der Mülltonne hinter dem Haus und zündete sich eine weitere Zigarette an.

Catrin stellte die Milch in den Kühlschrank und warf einen Blick auf das Foto, das in der Schublade versteckt lag.

Wie es wohl sein muss, wenn man so aussieht.

Das Tageslicht schwand, und Scheinwerfer pulsierten wie Glühwürmchen die Hauptstraße entlang. Erst kroch die Dämmerung, dann die Dunkelheit über Cwmcysgods Kohlemine, legte sich über die Terrassen, schwärzte den aus Backstein und Stahl bestehenden Kadaver der verfallenen Fabrik. Die Nacht verschluckte das Dorf und das Tal und zuletzt auch den Himmel darüber. Auf der Hauptstraße nahm, schwach bernsteinfarben erleuchtet, ein weiterer Samstagabend seinen Lauf. Junge und alte Füße trotteten in den Pubs aus und ein, gingen ins Mitre, um Bingo zu spielen, ins The Lamb für Karaoke. Tausend Seelen folgten ihren Fußstapfen der vorangegangenen Nächte und Wochen und Jahre. Vertieften die Spurrillen ihrer Leben in den Bordsteinen und Türschwellen.

Dai Bevel stand mit schmerzenden Hüften in seiner kleinen Küche am Gasherd und machte sich Milch warm in der allabendlichen Hoffnung, damit den Schlaf anzulocken. *Cysga'n drwm*, hatte seine Mutter immer gesagt, bevor sie ihn für die Nacht in seinem Zimmer eingeschlossen hatte.

Die Clements-Jungen lungerten im Dunkeln vor ihrer eigenen Hintertür herum, spähten durch den Spalt zwischen den Vorhängen und warteten darauf, dass ihre Mutter auf dem Sofa dank Fernsehen und Cider vom Schlaf übermannt wurde, sodass sie an ihr vorbeischlüpfen konnten in ihr Zimmer mit den Stockbetten, in denen sie liegen und von den Freuden der Brandstiftung träumen würden.

Am Dorfrand standen die Tanksäulen still da, abgeschlossen und unbeleuchtet. In der Wohnung über der Werkstatt fuhr Paul Rhys mit den Fingern über die Wange seiner Ehefrau, die er liebte. Sie lagen nackt nebeneinander, seine von Selbstbräuner getönte Haut spannte sich glänzend über dem akribisch trainierten Körper. Seine Frau Karen war zurechtgemacht und parfümiert, hatte jedes Molekül der Arbeit des Tages tief in den Abfluss hinuntergespült, damit sie ihm wie jeden Abend vollkommen reingewaschen im Bett begegnen konnte. Beide spürten das pulsierende Leben des anderen. In ihrem Schlafzimmerspiegel hing die omnipräsente Reflexion des neonfarbenen Esso-Schriftzugs und blinkte werbend allen zu, die vorüberkamen. Karen Rhys ließ ihre schlanken Finger durch das dicke, benzingeschwängerte Haar im Nacken ihres Mannes gleiten, zog es fest zu sich heran und raunte ihm Liebesworte zu.

Spätestens um drei Uhr morgens legte man alle Füße hoch, alle Köpfe nieder, und die Gedanken hatten wie unbeaufsichtigte Kinder freien Lauf durch die schlafenden Hirne von Cwmcysgod. Doch am Rand des Waldes über dem Dorf war die alte Frau nun erwacht, ihre Lunge brannte vom Rauch. In ihrer Hast, dem Feuer zu entkommen, stolperte sie über eine Baumwurzel. Sie lag verletzt und mit gebrochenen Knochen da und zwang sich zum nächsten Atemzug.

Ein, tief und aus.

Ein, tief und aus.

Ein Käfer krabbelte über ihre Wange. Sie erwog, eine Hand zu heben und ihn auf das Laub hinabzuwischen, aber es kostete zu viel Mühe. Sie öffnete und schloss die Augen, sah flüchtige Lichtpunkte, die unten im Dorf nutzlos schimmerten.

Ein, tief und aus.

Ein, tief und aus.

Sharon, die Mutter der Clements-Jungen, erwachte in ihrem Sofakokon aus Kissen und Decke. Sie griff nach der Fernbedienung und schaltete den Fernseher aus. Frieden. Auf gewisse Weise. Sie zerdrückte ihre leere Dose Cider und sehnte sich nach den Zigaretten, die zu rauchen sie aufgegeben hatte, um ihren Söhnen ein gutes Vorbild zu sein. Sie schlich sich nach oben in deren Zimmer. Ihre Jungen, die den ganzen Tag lang die Welt in Brand gesetzt hatten, ließen im Schlaf ihre wahren Seelen erkennen. Gesichter so glatt wie Kieselsteine, alle Sünden fortgewaschen von den Gezeiten der Nacht. So gehörten sie noch immer ihr.

Mary Bone zog sich die Bettdecke über die Schultern und drehte sich in ihrem Einzelbett auf die andere Seite. Sie träumte, dass es brannte. Sie und ihre Tochter standen am Rand des Gartens und sahen, wie das Feuer das Tal herunter auf sie zuraste. Mary hob heruntergefallene Backsteine auf und versuchte, die Gartenmauer damit höher und dicker zu machen. Catrin stand wie erstarrt da und beobachtete, wie die Flammen auf sie zukamen. Als das Feuer an der Mauer leckte, nach zu verbrennendem Bone-Fleisch brüllte, fiel Mary auf die Knie und betete wie der Teufel zu John Thomas, dem Dorfapotheker, um die Erlösung ihrer aller Seelen. Catrin lockerte einen Backstein, zog ihn aus der Mauer und tauchte ihre Hand ins Feuer.

2 MARY BONE

Die Füllertinte war leer, sodass ihre Tochter damit nur noch ein halbes Wort auf das Notizpapier kratzen konnte. Catrin kramte in ihrer Schultasche nach einem Bleistift, während Mary ihrer Tochter an die Spüle gelehnt und mit verschränkten Armen zusah. Der Traum der letzten Nacht ging ihr durch den Kopf, sie betend auf den Knien, während ihre Tochter mit dem Feuer spielte. Ihr eigenes Kind. Mary knirschte mit den Zähnen. Traum hin oder her, das war verdächtig.

»Was willst du sonst noch, Mam?«, fragte Catrin. »Ich habe Wäscheklammern, Brot, Bohnen, eine Zeitung, Hühnerflügel und Badreiniger. Und Bleistifte.«

»Das ist alles«, sagte Mary. Ihr Kiefer verhärtete sich wie von einer Ratsche angezogen. »Außer unter den reduzierten Artikeln ist irgendwas fürs Abendessen dabei. Bring mir das Wechselgeld zurück. Und kauf die Wäscheklammern nur, wenn sie aus Holz sind.« Sie sah ihrer Tochter in die Augen, um sich zu vergewissern, dass Catrin ihre Anweisungen aufgenommen hatte.

»Nimm eine Jacke mit, nur für den Fall.«

»Mir geht's gut, hör auf mich zu bemuttern.«

Sechzehnjährige denken immer, sie wüssten alles besser.

Mary gab ihrer Tochter einen Zwanzig-Pfund-Schein und sah zu, wie Catrin ihn sich tief in die Tasche schob. Das war das letzte Geld von der Stütze, bis sie nächste Woche neues bekämen. Wenn *Tŵm Fags* und seine Schwarzmarktgeschäfte nicht wären, hätte Mary nicht einmal mehr den Trost von Zigaretten.

Auf der Mülltonne im Hinterhof sitzend zündete sie sich die erste Zigarette des Tages an und zupfte an dem Wäscheklammerwundschorf, der sich auf ihrem Augenlid bildete. Über die spärlichen Überreste des Berggrases schlenderten Männer in gelben Westen und begutachteten die Brandschäden von gestern. Neonfarbene Nissen, die auf dem Hang sorgfältig ihre Schritte setzten. In den letzten beiden Jahren waren der Ausblick auf den Berg und die Seiten des *Argus* alles, was Mary von der Außenwelt gesehen hatte.

Angefangen hatte es vor ein paar Jahren mit etwas, das Dai Bevel gesagt hatte. Eine Zufallsbegegnung auf der schmalen Gehwegplatte vor The Lamb. Mary war auf dem Weg zum Pound Emporium, um Lebensmittel einzukaufen, und er kam ihr mit einer leeren Einkaufstasche entgegen, die so groß war, dass sie auf dem Boden schleifte. Sie nickte ihm zum Gruß zu. Als er ihre Höhe erreichte, wandte er sich zu ihr und winkte.

»Die Schöne kehrt zum Biest zurück.«

Mary hielt keine Sekunde inne. Der Mann hatte schließlich Alzheimer. Sie stieg weiter bergan in Richtung Pound Emporium, ihre Beine wurden allein vom Muskelgedächtnis bewegt wie bei einem geköpften Huhn.

Am Eingang des Ladens sah Mary ihre Hand nach einem Drahtkorb greifen, als wäre sie keine Gliedmaße mehr, die ihr selbst gehörte. Sie stand neben den Bananen und starrte auf ein Stück Papier, von dem sie wusste, dass es ihr Einkaufszettel war, ohne die Worte entziffern zu können. Als sie ihren Verstand aufforderte, Informationen in Handlungen umzusetzen, kam keine Antwort. Ihr Gehirn war gerade in der Mittagspause, beim Angeln, hatte bis auf Weiteres geschlossen.

Leer.

Ein paar Sekunden später wurde ihr bewusst, dass sie nicht auf dem Bauch im Gemüsegang liegen sollte, auf Augenhöhe mit dem Schmutz unter den Regalen. Sie hatte sich instinktiv fallen lassen, als wollte sie sich vor einem Angriff schützen. Mary starrte auf die hart gewordenen Dreckklumpen auf dem Betonboden.

Sie sollte etwas unternehmen, um die Kontrolle wiederzuerlangen, die Situation in etwas nicht allzu Ungewöhnliches umzuwandeln. Das Gesicht zu wahren. Nichts geschah. Sie konnte sich zu keiner Bewegung zwingen. Von den pickligen, gaffenden Kassiererinnen wurde sie auf die Füße gezogen, sie wollten sie auf einen braunen Plastikstuhl setzen. Mary entwand sich ihrem Griff und flüchtete aus dem Laden. Sie war das panische Pferd, das sie einmal auf der Fernstraße gesehen hatte, eingekeilt von Verkehr, sich mit aufgerissenen Augen um die eigene Achse drehend. Sie schaffte es nach Hause, kurz bevor die Welle von Scham hinter ihr brach und gegen die Haustür brandete. Eine riesige, wogende Welle. Vielleicht hatte sie sich schon viele Jahre aufgetürmt, war langsam angewachsen, Stunde für Stunde, bis sie die nötige Wucht besaß, sie tief in die vier Wände ihres Zuhauses hineinzudrücken und dort festzusetzen, da Mary andernfalls fürchten musste, sie würde sie sonst gänzlich vernichten. Und das Festsetzen gelang. Denn Mary wurde bewusst, dass sie das Haus nicht verlassen konnte. Da doch die Welle vor der Tür nur darauf wartete, über ihr zusammenzuschlagen.

Nicht aus dem Haus zu gehen hatte eine Weile funktioniert. Das und die Tabletten, die ihr der Arzt verschrieb. Solange Mary einen Boden hatte, den sie scheuern, oder einen Schulrock, den sie nähen konnte. Eine Schrankecke, die sie ausräumen und putzen konnte. Aber wenn sie alles abgekratzt und geschrubbt und aufgeräumt hatte, lag trotzdem noch immer das Foto in der Küchenschublade und wartete auf sie.

Mary neigte den Kopf, um der langen Flamme des Feuerzeugs auszuweichen. Genau wie schon tags zuvor sah sie ihre jüngere Schwester Rosalind an einem fernen Ort ebenfalls eine Zigarette rauchen, wenngleich es in ihrem Fall eine dieser Cocktailzigaretten mit pastellfarbener Spitze war. Nobel. Mary rauchte, was immer am billigsten war: Die erste Zigarette des Tages schmeckte stets nach Benzin. Mary sah, wie Rosalind sich eine dunkle Haarsträhne um den manikürten Finger wickelte und sie hinters Ohr strich. Teurer Zigarettenrauch verhüllte die strahlende Haut ihrer Schwester, ein blaugrauer Schleier legte sich über den anderen, bis sie gänzlich verschwand.

Rosalind war schön und Mary nicht. Diese einfache Wahrheit hatte Marys Leben geprägt. Männern blieb der Mund offen stehen, wenn ihre Schwester vorüberging. Erst als Rosalind aus Cwmcysgod fortgezogen war, wurde Mary überhaupt bemerkt. Mary führte ein kleines und billiges Leben, aber wenigstens keines mehr in Rosalinds Schatten. Catrin war der Beweis dafür.

Ihre Tochter wurde aus dem Durcheinander von neunzehnhundertfünfundachtzig geboren, als die Bergleute streikten und von überallher in Bussen Streikposten ins

Tal gekarrt wurden. Mark Gower lautete der Name ihres Vaters. Er war kein Bergmann, aber ein Unterstützer der Bergleute. Die Minenarbeiterfürsorge bot Marys Mutter Eira ein kleines Entgelt dafür an, dass sie ihn verpflegte und auf ihrem Sofabett im Wohnzimmer beherbergte, von wo aus Mark Gower täglich zur Minenarbeiterfürsorge ging, um nach Dienstplan beim Streik zu helfen. Er tat nichts Entscheidendes, war aus dem Nichts aufgetaucht, hätte auch gut ein Spitzel sein können, und Außenstehenden traute man ohnehin kaum. Mary war fünfundzwanzig und lebte wie die meisten Unverheirateten im Tal noch immer zu Hause. Sie mochte ihn augenblicklich, seine Fremdartigkeit. Den schlaffen Pony, der ihm über die braunen Augen hing. Ihr kam er vor wie ein einmaliges Sonderangebot in einem Laden, der für sie sonst zu teuer war. Eine Ware, die außerhalb ihrer üblichen Preisklasse lag.

Im Haus waren sie niemals zusammen. Mark sagte, das wäre ihrer Mutter gegenüber respektlos.

Mark Gowers ganzer Stolz war sein MG Maestro. Er war weiß, hatte schwarze Sitze, einen roten Zierstreifen und einen Bordcomputer. »Bitte anschnallen«, forderte der einen auf, sobald man den Zündschlüssel drehte. Oder er sagte, was Mary am meisten belustigte, wenn sie den rechten Knopf drückte: »momentaner Kraftstoffverbrauch«. Die Stimme klang genau wie die von Moira Stuart bei den BBC News. Sie schnallten sich an und fuhren aus dem Tal, um auf einem abgelegenen Rastplatz leidenschaftlichen, linkischen Sex zu haben. Es hielt zwei Monate lang, dann setzte sich Mark Gower zu Eira und Mary an den Küchentisch und erklärte, er habe ein Jobangebot in Basingstoke. Sobald Mary Bescheid wusste, schrieb sie ihm an seine neue Bude und informierte ihn über ihren anschwellenden Bauch voller Arme und Beine. Er antwortete und versprach, bald zurückzukommen, aber Mary hörte nie wieder von Mark Gower. Er verschwand von seiner Nachsendeadresse, sein Ausflug in die Arbeiterklasse war eindeutig beendet.

Eira Bone erzählte allen, dass Mary Mark Gower den Laufpass gegeben habe, weil er ihr gesagt habe, sie müsse nach Basingstoke ziehen. Da die Leute in Cwmcysgod das Tal möglichst niemals verließen, wurde das von den meisten als akzeptabler Grund dafür aufgenommen, ein Kind ohne Vater großzuziehen. Hier hatte Mary schließlich ihre Mam und alles, was sie brauchte. Mary war nicht der Typ, der sich davonmachte. Nicht wie ihre Schwester Rosalind, die sich für Cwmcysgod immer zu gut gewesen war.

Mary hatte die Macht der Schönheit, Rosalinds ungerechten, unerbittlichen Vorteil im Leben, zum ersten Mal verstanden, als sie als kleine Kinder auf dem Gehweg vor dem Haus gespielt hatten. Beide hatten sie sich einen Stein gesucht, mit dem sie die Vorlage für Himmel und Hölle auf den Asphalt kratzten. Mary zeichnete die Kästchen, und Rosalind schrieb hinter ihr die Zahlen hinein. Damals malte Rosalind ihre Zweien und Fünfen noch verkehrt herum. Rückblickend hatte Mary den Verdacht, dass es nur Getue gewesen war und Rosalind einfach gerne das Baby der Familie gespielt hatte, als bekäme sie nicht bereits genügend Aufmerksamkeit. Mary verwischte die Zahlen mit dem Absatz ihres Schuhs und schrieb sie korrekt neu.

Sie ließ ihre Schwester als Erste werfen. Rosalind übertrat mit dem Fuß eine Linie, aber Mary ließ es ihr durchgehen, die Nachsicht einer älteren Schwester mit der jüngeren, und sah zu, wie Rosalind bis zu dem Kästchen mit der Sieben sprang, sich drehte und zurückhüpfte, ohne sich darüber bewusst zu sein, dass ihr der gesamte Rückweg von Mary geschenkt worden war.

»Na, du siehst aber hübsch aus.« Mr Bevel, der für die Fahrt in die Stadt seine Sonntagskleidung anhatte, ließ die Hand seiner Frau los und ging vor Rosalind in die Hocke.

Die Mädchen unterbrachen ihr Spiel. Ohne sich umzudrehen, streckte er die Hand nach seiner Frau aus.

»Schatz, gibst du mir mal die Süßigkeiten?« Dai Bevel war bekannt dafür, nett zu Kindern zu sein. Was für ein liebenswürdiger Mann, dass er Süßigkeiten verteilte.

Seine Frau griff in ihre Handtasche und förderte eine zerknitterte weiße Papiertüte zutage, die sie ihrem Mann reichte. Er öffnete die Tüte. Der süße, saure Geruch von Zitronenbrause ließ Mary das Wasser im Munde zusammenlaufen.

Rosalind suchte sich eine Süßigkeit aus. Mary streckte die Hand aus, um ebenfalls eine zu nehmen, aber der Mann rollte den oberen Teil der Tüte bereits wieder auf und steckte sie sich in die Tasche.

»Dai! Gib der anderen auch was Süßes.«

Die Ehefrau murmelte Mary eine Entschuldigung zu.

»Danke, Mr Bevel«, sagte Mary.

Sie knuffte Rosalind in die Rippen, damit sie sich ebenfalls bei ihm bedankte. Schüchternheit war keine Entschuldigung für schlechte Manieren.

»Das habe ich gesehen, Mary Bone«, sagte Dai Bevel. »Spiel schön mit deiner Schwester, sonst rede ich mal ein Wörtchen mit deiner Mam.«

Da »ein Wörtchen mit Mam« eine ordentliche Ohrfeige

zur Folge hätte, starrte Mary auf ihre abgetragenen Schuhe und traute sich nicht mehr aufzublicken, bis sie hörte, dass sich ihre Schritte entfernten. Die Achtelnoten von Mrs Bevels Pumps mit den Viertelnoten ihres Mannes, eine Rhythmusgruppe, die sich vom Dorf den Berg hinauf in Richtung Zubringerbus entfernte.

Rosalind hatte den Stein bereits erneut geworfen und hüpfte davon, die Wange geschwellt von dem Zitronenbonbon, welches sie ihrem Aussehen verdankte und für das ihre Lippen nicht bezahlt hatten.

Mary Bone ging wieder ins Haus und zog die Küchenschublade auf. Schob die Gummibänder und Quittungen beiseite, die Krümel und Kerzen vergangener Geburtstage. Unter dem Ausschuss des Haushalts befand sich das einzige verbliebene Foto von Rosalind Bone. Versehen mit dem Stempel: »The Argus, 3. November 1978«. Vor dreiundzwanzig Jahren. Nach dem Tod ihrer Mutter Eira hatte Mary in einem schwachen Moment bei der Zeitung angerufen und darum gebeten, dass man ihr das Foto ihrer Schwester zuschicke. Mary sah es sich ein paar Sekunden lang an, bevor sie es umgedreht wieder in das Schubladenchaos legte. Die Schönheit war für sie noch immer schwer zu ertragen. Sie ging zum Flurspiegel, nahm ihr einundvierzigjähriges, drittklassiges Spiegelbild in Augenschein und drehte die Ratsche ihres Kiefers ein wenig fester.

3 DAI BEVEL

Eine Straße von Mary entfernt ließ sich Dai Bevel mit geschwollenen Zehen, die pulsierten, als wären sie in eine zu enge Wursthaut gepresst, in seinen Sessel sinken, den grellbunten, von seiner lange verstorbenen Frau ausgesuchten Laubensessel mit Chintzbezug. Dais Mantel, der um die Schultern inzwischen zu locker saß, war bis zum Hals zugeknöpft. Er atmete aus, als seine Füße von dem Gewicht entlastet wurden, und in beiden seiner milchig braunen Augen blühte eine einzelne Träne der Erleichterung auf. Heute war die Kiste im Wald leer. Gestern voll. Heute leer. Er wischte sich die Tränen ab und sein dementes Hirn raste, wobei sich seine Gedanken in Verzerrungen vergangener und gegenwärtiger Wahrheiten verhedderten, bevor er im Geiste in den Wald zurückkehrte und den Blick angestrengt um die Baumstämme bog in der Hoffnung, sein Lieblingsmädchen zu erblicken.

Er knöpfte seinen Mantel auf, setzte dabei das Aroma von ungewaschenem Hemd frei. Ein Knopf sprang ab, rollte über den Boden und prallte gegen die Sockelleiste. Der alte Mann sah zu, wie er kreiselte und neben dem Türstopper liegen blieb. Er griff nach seinem Notizbuch und dem Bleistiftstummel auf dem Set von Beistelltischchen neben dem Sessel. Er schrieb so, wie man es ihm als Junge beigebracht hatte, mit gleichmäßigen Strichen und hohen, schmalen Schleifen.

»Seife. Baked Beans. Streichhölzer. Dosengemüse. Kekse. Feueranzünder. Socken.«

Beim Schreiben stellte er sich vor, wie jeder Gegenstand einen Teil des Platzes einnahm, bis er wie bei einem dreidimensionalen Puzzle die Kiste im Wald gefüllt hatte. Durch das Fenster sah er graue Wolkenschichten in die eine oder in die andere Richtung ziehen. Er und sein Mädchen waren gar nicht so weit voneinander entfernt, dachte er, sie befanden sich unter demselben Himmel. Wenn er doch nur die Hand ausstrecken und sie berühren könnte.

»… Wasser. Sagrotan.« *Ach, und eine Ausgabe der* Bunty. *Nein, dafür ist sie zu alt. Was mögen Mädchen? Ach ja, die* Jackie.

Er legte den Bleistift beiseite und schloss die Augen. Ein stechender Schmerz in der Brust ließ ihn die Armlehnen seines Sessels umklammern, bis er wieder verging und Dai in einen kurzen, traumlosen Schlaf fiel.

Er wachte auf, griff nach dem Bleistift. »Geld.«

Ein kleiner, massiver Turm aus Ein-Pfund-Münzen zwischen die Bohnen und die Socken gesteckt, ganz oben in die Kiste.

Dai Bevel verzehrte sich so sehr danach, sie zu sehen, aber sie kam nie zu der Kiste im Wald, wenn er Wache hielt. Er war sich jedoch sicher, dass sie es war, die seine Gaben der letzten Jahre geholt hatte. Der Beginn seiner Demenz wurde von dem instinktiven Begreifen begleitet, dass sein Lieblingsmädchen im Wald wartete und bald zurückkehren würde. Es gab ihm Hoffnung, zu glauben, dass das, was er tat, sie am Leben erhielt. Er fütterte sie, damit sie nach Cwmcysgod zurückkehren und alles so sein würde, als wäre sie nie gegangen.

Er fuhr zusammen und wachte auf, klopfte sich auf die Brusttasche, um sich zu vergewissern, dass er daran gedacht hatte, seine Rente abzuholen, bevor er wieder durch die Zeit purzelte.

»Mam!«, rief er. »Darf ich Feuer anmachen? Nur den einen Barren, versprochen.« Es kam keine Antwort. Die dumme Frau war wohl ausgegangen. Dai runzelte die Stirn, wer sollte ihm jetzt Abendessen machen?

»Ob mein Taschengeld für Zitronenbonbons reicht?«

Er wuchtete sich in die Senkrechte. Er würde zu Mrs Williams' Eckladen gehen. Er nahm die Einkaufstasche seiner toten Frau vom Garderobenhaken und stierte das Bild eines alten Mannes dort an der Wand an, wo einst ein Spiegel gehangen hatte. Sie war keine schlechte Frau gewesen, seine Frau. Hatte überhaupt keine Scherereien gemacht. Willens, wie es schien, den Zwischenfall zu vergessen, als sie von einem Ausflug nach Ponty früher nach Hause gekommen war und ihn in der Küche dabei überrascht hatte, wie er einem willfährigen, schweigenden Kind einen »Keks danach« überreichte.

»Ach, Tilly hatte Hunger«, hatte er erklärt. Der Gesichtsausdruck seiner Frau verwandelte sich von versteinertem Begreifen hin zu einem angeregten Lächeln. Viel einfacher für sie, ihm zu glauben, als es nicht zu tun.

»Möchtest du noch Orangenbrause dazu, Tilly?«, hatte seine Frau gefragt. »Wie geht's deiner Mam?«

Seit zwanzig Jahren war Dai Bevel Witwer, und seit zwanzig Jahren hatte er kein Kind mehr angerührt. Denn ein Mann ohne Frau war ein Nichts. Ein Nichts ohne den Glanz ehelicher Ehrbarkeit.

»Die Ärmsten«, hatte das Tal hinter ihren Rücken geraunt. »Die Bevels sind nicht mit eigenen Kindern gesegnet.«

Mrs Williams schien nicht allzu erfreut darüber, Dai Bevel zu sehen.

»Ich hoffe, Sie sind hier, um Ihre Rechnung zu bezahlen.«

»Oh, hat meine Mutter nicht bezahlt?«

»Nein, Dai.«

»Also, hier ist meine Liste für heute, falls es Ihnen nichts ausmacht?«

Mrs Williams griff über den Tresen nach der Liste.

»Das alles? Sie sind doch zu Hause jetzt alleine.«

Der alte Mann sagte nichts.

»Na gut, Sie dementer alter Knacker, aber dann bezahlen Sie die Rechnung eben nächstes Mal, sonst werde ich ungemütlich. Ist das klar?«

Obwohl sie über ein Jahrzehnt älter war als ihr Kunde, band sich Mrs Williams das Kopftuch enger, nahm sich einen Korb und drehte eine Runde durch den kleinen Laden.

»Keine Socken und keine *Jackie.*« Sie hob den Korb auf den Ladentisch. Dai Bevel packte die Waren in die alte Einkaufstasche seiner Frau.

»Jetzt schulden Sie mir noch acht Pfund und zweiundsechzig Pence mehr«, sagte Mrs Williams und vermerkte den Betrag in ihrem Buch. Dabei dachte sie bei sich, der alte Knacker ist inzwischen definitiv plemplem, will ein Comicheft für Mädchen kaufen. Würde es die *Jackie* allerdings noch geben, hätte sie sie ihm verkauft. Die Kasse muss klingeln und so weiter.

Er nahm seine Einkäufe und machte sich humpelnd auf den Weg zur Tür.

»Sie müssen sich um Ihre entzündeten Hühneraugen kümmern, Mr Bevel.«

Der alte Mann drehte sich um. Rieb sich mit den Fingern übers Kinn. »Verkaufen Sie Pfundmünzen?«

»Nein. Wir verkaufen keine Pfundmünzen.«

Dai Bevel senkte das Kinn auf die Brust und hoppelte nach Hause.

4 CATRIN BONE

Catrin versenkte ihren Skizzenblock und die Bleistifte in ihrem Beutel und schob sich die Einkaufsliste ihrer Mutter in die Jeanstasche.

Abgesehen von Mrs Williams' Geschäft war das Pound Emporium der einzige Laden in Cwmcysgod. Es war der einzige »Megastore« im Tal, außerhalb des Dorfes gelegen, auf dem Rückzug in Richtung Wald. Die Leute kamen von überallher angefahren, aber es war seltsam, vom Dorf aus hinzulaufen, weil es keinen Gehweg gab, nur den Straßenrand. Der Luftzug, mit dem der Verkehr so dicht neben der eigenen Schulter vorüberrauschte, machte einen nervös.

Da zog Catrin es deutlich vor, den Weg über den Berg zu nehmen und die Schnellstraße ganz zu meiden. Und falls es nicht regnete, würde sie die Gelegenheit ergreifen und sich eine Weile zum Zeichnen hinsetzen. Seitdem sie alt genug war, um einen Bleistift zu halten, zeichnete sie jeden Tag stundenlang. In Cwmcysgod war sie dafür bekannt, und bevor das Schuljahr auf der Ponty High zu Ende gegangen war, hatte ihre Kunstlehrerin dafür gesorgt, dass sie genug Papier hatte, um damit die gesamten Ferien über auszukommen. Wo andere ein Schweigen damit übertönten, dass sie redeten oder den Fernseher einschalteten, um ihr Unbehagen zu überdecken, begegnete Catrin ihm mit Blei- und Kohlestift.

In jenem Sommer hatte die Maul- und Klauenseuche dafür gesorgt, dass das Ackerland abgesperrt werden musste, und das Tal seines Viehs und des ständigen Blökens der Schafe beraubt. Die Berghänge waren die letzten Orte, an denen Catrin frei herumschweifen konnte, also würde sie über die Bruchsteinmauer klettern, welche die Grenze zwischen Dorf und Berg markierte, und durch das gelbe Gras stapfen, um in das gute Licht hinaufzugelangen. Dort suchte sie sich üblicherweise ein Grasbüschel oder einen Ginsterbusch aus und erforschte mit forensischer Gründlichkeit seine Schichten und Beschaffenheiten. Sie begann meist mit dem Hellen und arbeitete sich von innen nach außen, fügte Schattierungen und dunkle Striche hinzu. Sie versuchte wiederzugeben, was sie sah, und manchmal fing sie irgendwie die unsichtbare Wahrheit eines Augenblicks ein. Wenn Catrin alte Zeichnungen durchging, stellte sie fest, dass jede sie in einer bestimmten Zeit und an einem bestimmten Ort verankerte. Wenn sie die Blätter betrachtete, konnte sie sich an die Temperatur erinnern, an das Licht und die Geräusche. An ihre Gefühle, als sie das Bild gezeichnet hatte. Ihre Lehrerin hatte ihr gesagt, das sei eine gute Sache, Kunst solle ungesehene Wahrheiten sichtbar machen. Aber es war nicht immer eine gute Sache. Es gab einige Bilder, die sie unter ihrem Bett versteckt hatte und nur selten anschaute. Das waren die Bilder, die sie vor Jahren gemalt hatte, als sie zehn gewesen war und Mam ihr erklärt hatte, warum Daniel Clements an jenem Tag von zu Hause hatte weglaufen wollen. Er hatte einen Grund gehabt, dem gegenüber Catrin blind gewesen war. Sie hatte einfach gedacht, dass er aus Spaß losziehen wollte, und mitgemacht. In den Wald abzuhauen, du lieber Himmel.

Was damals mit Daniels Vater passiert war, hatte Catrin neugierig auf ihren eigenen gemacht. Mam hatte ihr nicht mehr über ihn vermittelt als seinen Namen und die Gewissheit, dass er für immer verschwunden war. Sie wusste noch, wie sie zum Bleistift gegriffen hatte in der Absicht, ihn ins Leben zu rufen, aber sie hatte Angst davor, ihrem Vater eine physische Gestalt zu geben, selbst eine imaginäre. Besser, er blieb gesichtslos. Druckbuchstaben auf einer Geburtsurkunde. Es war Mam, die ihr das Leben geschenkt hatte und die sie liebte. Es war Mam, die alles gemacht hatte.

Catrin suchte sich ihren Weg zwischen den Grasbüscheln unterhalb der Brandlinie des gestrigen Feuers hindurch und hielt nach einem geeigneten Sitzplatz Ausschau. Es hatte leicht zu regnen begonnen, ein Regen, der wirkte, als könnte er sich gleich wieder in nichts auflösen, doch stattdessen verdunkelte sich die Wolke, paradierte das Tal herunter und zog einen Mantel aus Nässe mit sich. Der Regen rann Catrin über Gesicht und Nacken, sein Gewicht zerrte ihre Locken in die Länge. Sie wünschte, sie hätte auf ihre Mutter gehört, was den Mantel anging. Wenigstens waren ihr Skizzenbuch und ihre Stifte geschützt, eingewickelt in Frischhaltefolie in ihrem Beutel.

Von dieser Bergseite aus würde es gut zwanzig Minuten dauern, um zum Pound Emporium zu gelangen. Sie begann der Bruchsteinmauer um den Berg herum zu folgen, wobei sie über das ganze jämmerliche Erlebnis schimpfte. Als das Pound Emporium schließlich in Sicht kam, riesig und quadratisch, ein Gegensatz zum Tal und dem Dorf, war Catrin völlig durchnässt. Jeder Schritt platschte, und ihre Socken rieben Blasen an ihre Fersen.

Sie rannte über den mit Pfützen bedeckten Parkplatz des

Supermarkts und wich einem verwaisten Einkaufswagen aus, den der Wind vor sich hertrieb. Unter dem Dachüberstand kramte sie in ihrer Jeanstasche nach dem Einkaufszettel und förderte einen tintenblauen, nassen Brei zutage. Zum Glück hatte der Zwanzig-Pfund-Schein es besser überstanden.

»Bleistifte, Wäscheklammern, Hähnchenflügel … äh … Badreiniger und noch irgendwas«, sagte sie vor sich hin, nahm sich einen Einkaufskorb und ging hinein.

Sharon Clements, im Tal bekannt als Mutter von Brand- und Unruhestiftern, stand hinter dem Eingang auf halber Höhe einer Trittleiter inmitten eines Meers von Verpackungskartons. Ihre Vorgesetzte deutete wild gestikulierend auf das Chaos um die Leiter. Catrin konnte nicht hören, was sie sagte, aber sie sah, dass Sharon Clements den Kopf zwischen die Schultern zog. Irgendetwas rein Körperliches an dieser Haltung erinnerte Catrin an Sharons Sohn Daniel, daran, wie er an dem Tag, an dem sie von zu Hause weggelaufen waren, auf dem Bauhof geweint hatte.

Den Mädchen in ihrem Alter ging es um Schminke und Haarreife. Bei den Jungs ging es um Status und Sport. Damals waren sie und Daniel sie selbst, hatten einander und brauchten niemanden sonst. Seit jenem ersten Tag im Kindergarten nicht. Und so blieb es auch fast bis zum Ende der Mittelstufe.

Es geschah im Sommer vor Beginn der Highschool. Die Pubertät war in Sichtweite, aber sie hatten die Kindheit noch nicht ganz hinter sich gelassen, und Catrin begann eine neue Spannung wahrzunehmen. Da war etwas, das sie mochte, von dem sie aber nicht sicher war, ob Daniel es bemerkt hatte. Ein unbestimmbares Verlangen. Unsichtbar und doch allgegenwärtig, das es ihr schwer machte, sich zu konzentrieren, wenn er in ihrer Nähe war.

»Cat.« Daniel hatte die Stimme erhoben, um ihre Aufmerksamkeit zu wecken. »Schau«, sagte er.

Catrin richtete den Blick auf das, was er ihr zeigte.

Es war Geld. Irgendwoher hatte er sich Geld besorgt. Mehr, als sie je gesehen hatte. Er öffnete seine Tasche ein Stück weiter, damit sie besser hineinsehen konnte. Eine Decke, ein Müllbeutel, eine Tafel Schokolade und jede Menge Münzen.

»Ich gehe weg, Cat. Komm mit mir.«

Sie nickte, bevor sie sich dessen gewahr wurde. »Was, meinst du abhauen?«

»Wir können ein paar Tage im Wald übernachten und dann planen, wohin wir als Nächstes gehen.«

Er wirkte, als meinte er es ernst, doch das konnte nicht sein. Nicht wirklich. Aber es würde Spaß machen.

»Na, dann holen wir besser meine Sachen«, sagte sie.

Ihre Mutter öffnete ihnen die Haustür. Sie musterte Daniel von Kopf bis Fuß. »Du musst draußen warten, Schätzchen, ich habe gerade den Boden gewischt.« Sie ließ Catrin ins Haus und murmelte: »Der Junge könnte in dem Dreck unter seinen Fingernägeln Kartoffeln anpflanzen.«

Catrin tat so, als hätte sie es nicht gehört. Ihre Mam war eine seltsame Person, schon damals, vor der Agoraphobie. Sie gab Catrin fast immer ein zusätzliches Lunchpaket mit für den Fall, dass Daniel keins dabeihatte, was schon mehr als einmal vorgekommen war, aber dann wiederum sagte sie gemeine Dinge über ihn. Als könnte sie nur aus der Ferne nett sein.

Catrin packte Bleistift und Papier ein, Socken und einen Fünf-Pfund-Schein, den sie seit ihrem Geburtstag aufgespart hatte. Sie zog mehrere Schichten Kleider übereinander, um sie nicht tragen zu müssen. Direkt auf der Haut ihr Schlafanzug, damit Daniel sie nicht nackt sehen würde. Ein Mädchen aus ihrer Klasse hatte schon knospende Brüste. Sie wollte nicht, dass Daniel ihren eigenen flachen Brustkorb sah. Nicht, dass sie nicht wieder zu Hause wären, bevor das geschehen konnte.

Die Waschmaschine schleuderte gerade, es hatte also keinen Sinn, etwas zum Abschied zu rufen. Mam bemerkte nicht, dass sie das Haus verließ. Erfuhr nie, dass sie an Dai Bevel vorbeigegangen war, der an seinem Gartentor lehnte und den Kindern beim Spielen zusah.

»Du siehst aus wie Rosalind Bone … ohne die Schönheit.« Der alte Mann grinste.

Daniel streckte ihm die Zunge heraus, ergriff Catrins Hand und zog sie lachend die Straße hinunter zum Laden an der Ecke. Ihre Mutter hatte ihr gesagt, Dai Bevel sei früher immer sehr nett zu allen Kindern gewesen, aber seit seine Frau gestorben war, sei er nicht mehr ganz klar im Kopf, Catrin solle einfach nicht auf ihn achten.

Daniel und sie kauften Brot, Käse, Limo und Chips und machten sich dann auf den Weg hinauf in Richtung Pound Emporium, schwangen lässig ihre Tüten und versuchten so auszusehen, als würden sie für ihre Mütter Besorgungen machen und nicht etwa von zu Hause weglaufen.

Der Weg den Hügel hinauf in die Wälder kam ihnen so lang vor, dass Catrin zu überlegen begann, ob Davonlaufen überhaupt der Mühe wert war. Doch als sie die Bäume erreichten, rissen die Wolken auf, und die Sonne erleuchtete einen Zugangsweg, als wollte sie sie hineinlocken. Catrin musste an den Einband eines Buches denken, das ihr seit der Kindergartenzeit im Gedächtnis geblieben war. Es handelte von einem Familienpicknick. »Familien« in Büchern bestanden immer aus Mutter, Vater, Junge und Mädchen.

Sie liefen tief in den Wald hinein, bis Catrin langweilig wurde und sie vorschlug, die Schokolade zu öffnen.

»Wir müssen zuerst einen Platz finden, wo wir unser Lager aufschlagen.«

Catrin sah sich zwischen den Glockenblumen und dem Bärlauch um, die hier Anfang Mai wuchsen.

»Hier ist es zu wenig geschützt«, sagte Daniel.

Als sie weitergingen, wurde aus den frühlingsgrünen Bäumen nach und nach ein Wald aus altem Nadelgehölz. Aber noch immer fiel Sonnenlicht durch Lücken im Blätterdach und malte goldene Kleckse auf Catrins Schuhe. Weiter ging es, sie redete Quatsch, er schwieg, und keiner von beiden merkte, dass der Wald dunkler und kälter wurde.

Auf einer Lichtung tranken sie beide einen Schluck, aßen ein Stück von der Schokolade und kamen überein, dass dies ein guter Platz zum Übernachten sei. Daniel begann riesige Reisigbündel herbeizuschleppen, um Matratzen daraus zu machen, und Catrin stapelte sie über Kreuz übereinander. Bald würde Daniel sich eines Besseren besinnen und wieder nach Hause wollen.

*

Beide gewahrten sie nicht die menschliche Gestalt, die zwischen den Reihen der Kiefern umherschlich und die Kinder bei ihrer Arbeit beobachtete. Sie umkreiste, abschätzte und näher rückte. Catrin, der zu warm war, kniete sich hin, um eine Schicht Klamotten auszuziehen. Als sie sich den Pullover über den Kopf zog, nahm sie aus dem Augenwinkel eine Bewegung wahr. Daniel saß in der Hocke und rieb erfolglos zwei Stöcke aneinander, um Feuer zu machen. Catrin hielt seine Hände fest, ihre stets eiskalten Finger auf seiner warmen Haut. Er blickte auf, und gemeinsam sahen sie eine dunkle Gestalt aus dem Gehölz in die Helligkeit der Lichtung treten, hässlich und alt und nicht von ihrer Welt. Die Hexe kam näher.

Sie ließen ihre Habseligkeiten zurück und rannten, zerschrammten sich die Schienbeine an Brombeergestrüpp und die Ellbogen an Bäumen. Rannten den ganzen Weg aus dem Wald hinaus. Rannten, bis sie offenes Gelände erreichten und mit wackeligen Beinen den lang gezogenen Berghang hinunterstolperten, überquerten die Landstraße und suchten nach einem Versteck. Auf dem Bauhof gingen sie hinter einem schmuddeligen weißen Lieferwagen in Deckung, die kleinen Rücken fest an eine rostige Radnabe gepresst.

»Was war das?«

Aber Daniel hatte sich von ihr abgewandt, die Knie an die Brust, den Kopf zwischen die Schultern gezogen. Catrin sah unter dem gestreiften T-Shirt seine Wirbelsäule zucken. Hörte ihn weinen.

Sie streckte die Hand nach seiner Schulter aus. »Es ist alles okay, Dan.«

Er stieß sie weg und kratzte sie dabei.

»Das hat wehgetan.« Sie wartete. Versuchte es erneut. »Ich gehe nach Hause. Kommst du mit, Dan?«

»Warum verpisst du dich nicht einfach?«

Bleistifte, Kippen, Hühnchenflügel … und was noch? Sie schlenderte durch die Gänge und versuchte sich die vollständige Einkaufsliste in Erinnerung zu rufen. Sie fand Hähnchenflügel, blutarm und doch übermäßig fett, und Badreiniger. Im nächsten Gang hing der bestialische Gestank von Kanalisation, Käse und Rauch. Catrin zog sich den Ausschnitt ihres T-Shirts über Mund und Nase. Sie bemühte sich, so wenig wie möglich einzuatmen, aber durch nichts ließ sich ein unwillkürlicher Würgereiz verhindern. Die Hand vor den Mund gepresst erschien die Filialleiterin, packte eine alte Landstreicherin, die Quelle des Geruchs, am Kragen und beförderte sie in Richtung Ausgang. Als die Filialleiterin zurückkam, nahm sie zwei Dosen Lufterfrischer aus dem Regal, ging mit den Armen wedelnd die Gänge auf und ab und feuerte aus ihren Aerosol-Pistolen Kugeln von Vanilla Nirvana und Duft-Orchidee.

An der Kasse grinste der Kassierer und gab Catrin ihr Wechselgeld zurück. »Ich weiß nicht, wie diese Pennerin reingekommen ist, aber es wird Tage dauern, bis wir den Gestank los sind.«

Draußen prallte der Regen wie ein Hagel aus kleinen nassen Bomben vom Asphalt ab. Catrin huschte auf die geschützte Seite des Gebäudes unter den Dachüberstand, um das Schlimmste abzuwarten. Ein paar Meter entfernt kauerte die Landstreicherin an die Wellblechverkleidung der Supermarktwand gelehnt auf dem Boden. Catrin wollte eigentlich von ihr abrücken, aber sie konnte das Rasseln beim Atmen der alten Frau hören, bis eine Pause eintrat und kein weiterer Atemzug folgte. Catrin kniete sich neben sie, der Gestank war im Freien erträglicher.

»Ist mit Ihnen alles in Ordnung?«, fragte sie.

Die Frau wandte Catrin das Gesicht zu, ihre Augen stumpf wie die von Fischen, die zu alt sind, als dass man sie essen könnte. Ihre Stimme kratzte und schleifte durch ihre Luftröhre, als sie sich bemühte, ein einziges Wort auszusprechen.

»Feuer.«

Nachdem sie ihre Botschaft übermittelt hatte, schrumpfte sie zu einem stummen, vagabundierenden Häuflein zusammen. Die Augen der Frau schlossen sich, und obwohl sie atmete, bekam Catrin keine Antwort, als sie die Frau sanft gegen die Schulter stupste. Catrin rief um Hilfe und wies eine vorbeigehende Frau an, einen Krankenwagen zu rufen. Ein paar Leute kamen aus dem Laden und standen herum, wobei sie jedes Mal, wenn der Wind drehte und den Geruch der alten Frau in ihre Richtung wehte, angewidert das Gesicht verzogen. Es kamen noch mehr Schaulustige hinzu, als der Krankenwagen mit heulender Sirene vorfuhr.

5 ROSALIND BONE

Ein Meeresrauschen von Blättern.

Rosalind Bone ist acht Jahre alt und liegt oberhalb von Cwmcysgod im Gras. Sie stellt sich vor, dass ihr Körper schwerelos wird. Vom Wind aufgenommen wird und weit, weit fortgetragen.

Es ist das Jahr 1970. Die Jungen in diesem Tal müssen die Langeweile und Wut erst noch verspüren, die eines Tages andere zur Brandstiftung anregen werden. Die Väter sind beschäftigt zwischen Bergwerk oder Fabrik, der Kneipe, dem Chor und dem heimischen Herd. Mütter hetzen vom Schreibtisch oder der Maschine zur Hausarbeit. Ihre Kinder spielen auf den Straßen und Gassen, ihre Ohren klingeln von den Warnungen ihrer Mütter, sich vor tiefem Wasser und schnellen Autos zu hüten. Rosalind fragt sich, warum nicht vor echten Dingen gewarnt wird.

Das Kind schreckt zurück, als es an das Flüstern des Mannes denkt, fährt zusammen, als es sich an die Spaltung von Geist und Körper erinnert, von Seele und Sinnen. Es zwingt seine Aufmerksamkeit vorbei an ihm und seinen Fingern hin zur Nachmittagssonne, die auf der anderen Seite der geschlossenen Vorhänge in einer anderen Welt leuchtet.

Das Kind blickt hinunter auf Cwmcysgod, das in die Sohle des Tals unter ihm gezwängt liegt. Dort ist ihr Zuhause.

Seines auch. Sie rappelt sich auf und klettert weiter bergan, in die Wälder, wohin ihr niemand folgen wird. Der Wald macht ihr keine Angst, nicht die Horrormärchen von Hexen und Wölfen. Das Unheil kommt nicht um Mitternacht oder an Halloween. Das Unheil kommt von Menschen, die sich jeden Tag als Jedermann kleiden. Und so wandert sie in den Wald hinein und stellt sich vor, die Baumstämme schlössen sich hinter ihr wie Schlosstüren. Bis der Himmel zu einem Kreis weit über ihr geworden ist. Im Wald scheint alles still und sicher zu sein. Sie befindet sich in einem verwunschenen Schutzgebiet. Einem Zufluchtsort.

Sie findet eine Eiche, die hohl ist wie ein Korb, und steigt hinein. Lange Zeit zieht Rosalind ihre Knie fest an sich, hört nur das Plätschern des Wassers einer nahen Bergquelle. Rosalind Bone atmet den süßen, feuchten Geruch der Eiche ein, die sie festhält und in den Schlaf wiegt.

6 DANIEL CLEMENTS

In der Nähe der Schlackenhalde, die längst mit gelblichem, vergiftetem Gras überwuchert ist, befand sich eine einzelne Straße mit Sozialwohnungen. Bryn Hyfryd. Die Häuser hatten einst identisch ausgesehen, aber im Laufe der Jahre waren einige von ihren Bewohnern gekauft, erweitert, renoviert und weiterverkauft worden, sodass man nun leicht erkennen konnte, welche in privatem und welche in kommunalem Besitz waren. Das schäbigste der Häuser wurde von den Clements bewohnt, und vor ihrem Tor hielt das Polizeiauto an.

Daniel Clements zog sich eilig seine Trainingshose an und stand mit nacktem Oberkörper und Waschbrett-Rippen in der Küche.

Sein älterer Bruder Shane spähte durch die Vorhänge des Wohnzimmers.

»Bullenschweinespeck am Morgen.« Er grinste über seinen eigenen Scherz.

Daniel wünschte, er hätte noch Zeit, den Becher Tee zu trinken, der neben dem Sofa auf dem Teppichboden stand. Er zog sich ein T-Shirt über den Kopf und band sich die Turnschuhe.

»Dan, verschwinde nach hinten raus, muss ja nicht sein, dass sie dich auch noch mitnehmen.«

Daniel blickte auf seinen Tee.

»Beweg deinen Arsch. Ich komme später zu dir … wenn die Bullen mit mir fertig sind.«

Daniel sprang über den hinteren Zaun und schlich den Abwasserschacht dahinter bis zum Ende der Straße entlang. Er wartete, bis das Polizeiauto in Richtung der Polizeiwache in Ponty davongefahren war. Shane saß ungezwungen auf dem Rücksitz, als wäre er ein wichtiges Tier, das chauffiert wird, und nicht ein Junge aus dem Tal, der zum Verhör abgeholt wird. Wahrscheinlich fragte er gerade den Fahrer, ob es Kekse geben würde.

Daniel schaffte es rechtzeitig zur Haltestelle, um noch durch die sich schließenden Türen in den Bus zu schlüpfen. Er setzte sich ganz nach hinten ans Fenster. Jeden Tag außer sonntags fuhr ein Bus nach Cwmcysgod und einer zurück. Für Daniel sahen fast alle anderen im Bus so aus, als hätten sie einen Job oder irgendeinen anderen lohnenswerten Lebenszweck.

Als er aus dem Fenster blickte, vermeinte er Catrin Bone zu sehen, die auf den alten Holzhof zuging. Doch als der Bus vorbeifuhr, erkannte er, dass sie es nicht war. Wenn es Catrin gewesen wäre, hätte er sicher und ungesehen vom Bus aus weiter hinschauen können. Hätte Catrin anschauen können, die, anders als er, zur Schule ging und zu einer nüchternen Mutter in ein Haus voller Essen heimkehrte. Catrin, die einmal ihm gehört hatte, schien nun in einem anderen Tal zu existieren, zusammen mit dem Rest von Cwmcysgod, einer Welt in Technicolor, die den Clements-Jungen verschlossen war. Ihr Leben war eine monochrome, tote Sackgasse, in die er Catrin auch dann nicht reingelassen hätte, wenn sie ihn darum gebeten hätte. Also betrachtete er sie aus der Ferne. Wich ihr aus, wie er es gestern getan hatte, als sie den Eckladen betreten hatte. Hinter den Regalen hervor hatte er beobachtet, wie Shane Catrin angeglotzt hatte, als ob er sie ablecken wollte. Als könnte er sie haben. Sie, die einst alles Gute in Daniels Leben verkörpert hatte. Nicht, dass Shane davon gewusst hätte. Shane brauchte das Gefühl, dass allein er das »Gute« für Daniel war, was ja unter den Umständen verständlich war.

Daniel Clements verlagerte sein Gewicht auf dem Sitz, zog ein Knie an die Brust und beschmutzte mit seinem Turnschuh das Sitzpolster. Eine Frau und ihr kleines Mädchen sahen ihn an.

»Manche Leute wissen es nicht besser, mein Schatz«, sagte die Frau zu ihrer Tochter. Das kleine Mädchen beugte sich vor und bedachte ihn mit einem missbilligenden Blick, wobei die flauschigen rosa Pompons an den Antennen ihres Haarreifs wippten.

Verpiss dich, du bist gerade mal fünf.

Unter dem Druck der Missbilligung stellte Daniel nach einer Weile den Fuß wieder auf den Boden und kehrte den anderen Fahrgästen den Rücken. Sein Körper schwankte mit dem fahrenden Bus hin und her, wurde durchgerüttelt. Er dachte an Catrin und den Tag, an dem sie in den Wald abgehauen waren, daran, wie er sie von sich gestoßen und beschimpft hatte und dann mit zusammengekniffenen Augen sitzen geblieben war, als sie den Hof verlassen hatte. Er konnte sich noch genau an die Muster auf der Innenseite seiner Augenlider erinnern, rot und schwarz, sie fügten sich kaleidoskopartig zu immer zu neuen Formen zusammen. Als er die Augen geöffnet hatte, konnte er weder den Bauhof um sich herum noch Catrin sehen, die davonging. Er sah nur das Bild, dem er am Morgen zu entkommen versucht hatte, als er Catrin überredet hatte, mit ihm abzuhauen. Seinen Vater, der zu Hause tot im Treppenhaus hing.

Den Gürtel seines Bademantels um den Hals. Schmutzige Zehen, die den blauen Teppich auf der Treppe streiften.

Das Mädchen mit dem Pompom-Haarreif beäugte Daniel. Ihr Alter hätte sie in der Hierarchie des Tals ganz unten ansiedeln sollen, aber sie betrachtete ihn mit der ganzen Selbstsicherheit einer gesellschaftlich Überlegenen.

Verurteilt von einem Kind.

Sein Bruder Shane scherte sich einen Dreck um so etwas. Er war der selbst ernannte König der düsteren Gassen von Cwmcysgod. Der mit Drogen dealte und einem Hofstaat aus verlorenen Gassenjungen vorstand. Shane hatte sich einen ganz eigenen Status geschaffen, so kümmerlich er auch war. Und warum auch nicht? Die Dorfbewohner würden in ihm ohnehin nie das Gute sehen. Sie würden niemals den Shane sehen, der Daniel gefüttert und angezogen hatte, sich um seinen Tagesablauf gekümmert hatte, während Mam für zwei Jahre in die Flasche abgetaucht war. Es war Shane gewesen, der die Kiste mit Essen im Wald gefunden hatte. Wie er darauf gestoßen war, erfuhr Daniel nie, aber sie hatten mit den Dosen voller Baked Beans und Würstchen wahre Festmähler abgehalten. Sogar Mam. Daniel hatte sich gefragt, ob wohl der liebe Gott ihnen dieses Essen hatte zukommen lassen. Er wollte so verzweifelt an eine höhere Macht glauben, eine Macht, die nicht zuließ, dass man hungerte. Shane jedoch wies ihn darauf hin, dass dieser Gott, wenn es ihn denn gäbe, derselbe wäre, der zugelassen hatte, dass ihr Vater sich erhängt hatte.

Die Kiste im Wald blieb ein Rätsel. Sie leerten sie, und zwei Tage später war sie wieder voll. Was die Person anging, die sie stets wieder auffüllte, fiel Daniels Verdacht schließlich auf Mr Gallagher, den ehemaligen Fabrikbesitzer. Er hatte die Fabrik geschlossen und ihren Vater gefeuert. Es war seine Schuld, dass ihr Vater tot war. Er wohnte hinter Eisenzäunen und elektrischen Toren im größten Haus im Tal. Es war nur recht und billig, dass der Mistkerl sie durchfütterte. Wahrscheinlich tat er es nur, damit er nachts schlafen konnte. Alles in allem fühlte sich Daniel nie gesinnt, ihm ein Dankesschreiben zu hinterlassen.

Daniel stieg aus dem Bus und sah sich nach jemandem um, der rauchte.

»Kollege, kann ich eine Kippe haben, nur eine?«

Der alte Mann sah ihn finster an, gab Daniel aber trotzdem eine Zigarette. Nachdem er sich angemeldet hatte, setzte sich Daniel auf die niedrige Mauer vor der Arbeitsvermittlung in Ponty und rauchte die Zigarette hastig. Ihm war unwohl bei dem Gedanken, was gerade mit seinem Bruder auf der Polizeiwache geschah. Sie konnten mit Brandstiftung nicht ständig durchkommen. Der Nervenkitzel und der Kick ließen Daniel die Angst, erwischt zu werden, meist lange genug vergessen, um das nächste Feuer zu legen. Shane war es egal, ob er erwischt wurde. Er kam immer ungestraft davon.

Daniel zog sich die Kapuze über den Kopf, um sich zu beruhigen, stellte aber fest, dass der Verlust seiner peripheren Sicht ihn noch nervöser machte, also zog er sie wieder herunter und blickte sich nach unkenntlichen Gefahren um. Wenn Shane nicht da war und ihm Halt gab, verfiel er schnell in Paranoia und Panik. Er hatte nichts gegessen und seinen morgendlichen Joint nicht bekommen. In seiner Tasche befanden sich drei Pfund und sechzig Pence, eine Rückfahrkarte für den Bus und ein paar Krümel Haschisch. Wenn er sich nur in den Griff bekommen könnte, würde das ungute Gefühl in seiner Magengrube vielleicht verschwinden.

Eine Frau mit einer Schar von Kindern und einem Kinderwagen mit einem betagten, übergewichtigen Hund darin blieb in seiner Nähe stehen.

»Entschuldigen Sie, meine Liebe, Sie haben nicht zufällig eine Kippe für mich übrig, oder?«

Sie musterte ihn von Kopf bis Fuß. »Ich verkaufe dir eine.«

»Für wie viel?«

»Fünfzig Pence.«

Sie besiegelten das Geschäft. Daniel steckte sich die Kippe hinters Ohr, stand auf und ging auf den Eingang eines geschlossenen Ladens zu. Dort hockte er sich hin, leckte sein Paper ab, zerbröselte Braunes und baute sich einen Joint. Schon nach dem ersten Zug sanken seine Schultern. Es fühlte sich so an, als würden die Sorgen von seinem Körper abfallen und in unsichtbare Pfützen aus Schwere tropfen. Er stand auf, leichter, stützte sich an der Wand ab und wartete darauf, dass seine Sehkraft zurückkehrte, seine Umgebung sich beruhigte, dass die Pixel wieder an ihre Plätze glitten. Er ging auf die Markthalle zu und hatte nichts anderes mehr im Sinn als das Frühstücksspecial für 2,99 Pfund. Die Sonne auf seinen Schultern fühlte sich an wie die Berührung zweier verlässlicher Hände, und wieder dachte er an Catrin.

Weiches Eigelb verlief über die Bohnen, den Speck, den Toast und die Pommes. Daniel aß alles auf, wischte den Teller mit den Fingern sauber und stürzte seinen lauwarmen, milchigen Tee hinunter. Er blieb eine Weile sitzen, um seiner Mahlzeit und seinen Gedanken die Gelegenheit zu geben, sich abzusetzen. Schließlich verflog der seichte Trost des Joints und des Essens, und übrig blieb lediglich das Gefühl, dass etwas Schlimmes passieren würde. Und das Bedürfnis, nach Hause zu fahren.

Bis er die Ausläufer von Ponty erreicht hatte, war der Tag heiß geworden, und Schweiß rann ihm den Rücken hinunter. Daniel zog sich den Kapuzenpullover aus und verknotete ihn fest um seine Hüften, beugte sich hinunter, um sich die Schnürsenkel neu zu binden und begann zu rennen. Er lief die Ebene, durch die auch die Busstrecke verlief, zurück nach Cwmcysgod und dann die Steigung hinauf, dicht an den Hecken und Zäunen entlang, wo es keinen Gehweg gab. In den Kurven hupten Autos seinen strahlend weißen Rücken an.

Als der Himmel sich zuzog, schlüpfte er wieder in seinen Kapuzenpulli und machte an der Bushaltestelle eines längst heruntergekommenen Satellitendorfes Rast, das seinem eigenen nicht unähnlich war. Es floss nur gelegentlich etwas Verkehr, und in den Pausen lauschte Daniel den spielenden Kindern im Park direkt hinter sich. Das Quietschen der Wippe wie eine Uhr, die tickend die Zeit herunterzählt. Auf der anderen Straßenseite stolperte eine Gruppe von Frauen aus dem Café, sie warfen lachend die Köpfe in die Nacken und stupsten sich gegenseitig an, während sie die Griffe ihrer Handtaschen umklammert hielten und langsam die Straße hinunter weiterzogen. Eine andere Frau, etwa im Alter von Daniels Mutter, kam aus ihrem Haus und überquerte die

Straße in seine Richtung. Er rutschte auf der Bank hin und her und verschränkte die Arme, als sie näher kam. Die Frau verschränkte ihrerseits die Arme fest unter der Brust.

»Ich will ja nicht neugierig sein oder so, aber wartest du auf den Bus?«

Er hielt ihr seine zerknickte Rückfahrkarte vor die Nase.

»Schätzchen, bis um sechs kommt hier kein Bus mehr vorbei.«

»Oh, ach so«, sagte Daniel. Er hatte keine Lust zu erläutern, dass er zu Fuß nach Hause gehen wollte. Es war einfacher, die Annahmen der Frau zu bedienen.

Die Frau nickte.

»Soll ich dir dann eine Tasse Tee rüberbringen, es wird nämlich eine Ewigkeit dauern. Wie möchtest du ihn haben?«

Daniel traute seinen Ohren kaum. Diese Frau wusste nicht, dass er Abschaum war. Sie wusste nicht, dass er Daniel Clements war, der Bruder von Shane, dem König der Gassen. Er löste seine Arme aus der Verschränkung, beugte sich vor, rieb sich mit den Händen über die Knie und lächelte die Frau an.

»Das ist sehr nett von Ihnen. Zwei Stück Zucker, bitte.«

»Magst du lieber Garibaldi-Kekse oder welche mit Vanillecreme?«

»Vanillecreme, bitte. Vielen Dank!«

Die Augen der Frau funkelten. »Das mit den Garibaldis sollte ein Scherz sein, Schätzchen. Wer zum Teufel mag Garibaldis? Bin gleich wieder da.«

Daniel vergrub die Fäuste tief in den Taschen seines Kapuzenpullis, streckte die Beine aus und legte den Kopf zurück. Die Wolken hatten sich zu lichten begonnen, rissen stellenweise schon auf und offenbarten das Blau dahinter. Daniel beobachtete, wie sich ihre Formen änderten. Seine Gedanken kamen zum Stillstand. Sein Atem wurde langsamer, und er dachte an Catrin Bone.

Ein uralter Ford Fiesta, aufgemotzt, getuned und auffällig, röhrte an ihm vorbei, bremste und setzte zurück.

Die Beifahrertür öffnete sich.

»Alles klar?«, fragte Shane lächelnd.

Über das Autodach hinweg sah Daniel die Frau mit seinem Becher Tee und dem Teller mit Vanillecreme-Keksen zurückkommen. Beim Anblick des Ford Fiesta voller Tunichtgute blieb sie stehen. Er sah, wie sich ihr offenes Gesicht verzerrte, verschloss und alle Freundlichkeit daraus schwand. Er wünschte, das Auto wäre nicht gekommen. Ein paar Minuten lang hatte er sich etwas vorgemacht, war er sich selbst entflohen. Die Frau kehrte auf ihre Straßenseite zurück. Sie hatte ihren Fehler bemerkt.

»Steigst du ein oder was?«, drängte Shane.

Daniel setzte sich auf die Rückbank. Der Fahrer, Shanes Kumpel Bivvo, fuhr so laut wie möglich an. Bivvo steuerte mit den Handballen und öffnete gleichzeitig mit den Fingern eine Stanniolverpackung. Er leckte einen Finger ab, tauchte ihn in das Pulver und rieb sich sein Zahnfleisch ein, bevor er es an Shane weiterreichte.

»Willst du was?«, fragte Shane seinen Bruder.

Daniel schüttelte den Kopf und streckte sich aus. »Hast du irgendwelche Musik?« Bivvo schob eine Kassette in den Rekorder, und schon bald wummerte der Bass durch die Sitze, durch das Fahrgestell und durch Daniel, der sich die ungebetenen Tränen aus den Augen schüttelte.

Zwei Meilen von zu Hause entfernt fuhr das Auto an den Straßenrand. Cwmcysgod lag vor ihnen, eingehüllt in ein Leichentuch aus Regen.

Shane machte die Musik aus und drehte sich zur Rückbank um. »Sie haben nichts gegen uns in der Hand, Dannyboy … die nutzlosen Arschlöcher.«

»Und was haben sie dann gesagt?«

»Irgendein altes Muttchen, das in den Wäldern gelebt hat, liegt mit Rauchvergiftung im Krankenhaus … aber sie wird schon wieder und so, also was solls?«

Daniel machte eine kleine Kopfbewegung, ausreichend, um den Status seines Bruders als Mann zu bestätigen, der niemandem Rechenschaft schuldet. Ausreichend, um seinen Bruder davon abzuhalten, noch mehr zu sagen.

Shane knackte mit den Fingern und wandte sich an Bivvo.

»Setz uns zu Hause ab, okay, *butt*, und ich mache dir fünf Gramm klar.«

Sie grinsten einander an, und Bivvo fuhr wieder auf die Straße, wobei er ostentativ nicht in den Spiegel schaute.

Daniel legte sich auf der Rückbank des Wagens hin und schloss die Augen. Er wollte nicht an die alte Frau denken, die ihretwegen im Krankenhaus lag. Stattdessen stellte er sich vor, wie es sich angefühlt hätte, mit der Frau an der Bushaltestelle Tee zu trinken und Kekse zu essen. Sie hätte einfach mit ihm geplaudert, als wäre er ein normaler Mensch und nicht der Abschaum des Tals.

7 DIE HEXE

Zwei Pflegerinnen stehen am Bett der Landstreicherin und tragen Kittel, Mundschutz und Latexhandschuhe. Sie sind blind für die glorreiche Freiheit, die im Schmutz zu finden ist.

»Gott segne sie«, sagt die eine. »Hat in den Wäldern gelebt, ganz allein, wie eine Hexe.«

»Sie ist unsere Verantwortung, bis sie sauber ist. Die Pflegeleitung hat ein paar Mädels von der Arbeitsagentur angefordert für die restlichen Mehrbettzimmer. In der Notaufnahme haben sie ihr das Gesicht abgewischt und alles für die Infusionen sterilisiert. Lungenschädigung durch Rauchgas. Ich sag's dir, als wir ihr die Klamotten ausgezogen haben, war das, wie eine Zwiebel zu schälen. Die Anzahl der Schichten, die sie anhatte! Am Ende haben wir sie einfach durchgeschnitten. Es gab nichts, was wir hätten behalten können, also hat sie jetzt ein Nachthemd an. Winzig wie ein Spatz ist sie, aber wir kriegen sie schon aufgepäppelt. Wenn sie wach wird, darf sie nur Flüssigkeit bekommen. Die Zähne sind größtenteils verfault, die müssen raus, schätze ich.«

Die alte Frau ist bewusstlos und reagiert nicht. Ihre Hände sind eine Ansammlung von Falten randvoll mit Dreck. Die Fingernägel sind von einem Pilz befallen und hart und gelb. Vernachlässigt, abgebrochen, lang und knotig. Die Frauen weichen die kleinen Hände der Hexe in warmem Wasser ein, verwenden weich machende Seife, damit sich der Schmutz löst, massieren sie sanft, um den Schmodder ins milchige Wasser abzustreifen. Sie müssen das Wasser siebenmal wechseln, um den schlimmsten Dreck wegzubekommen. Als sie fertig sind, trocknen sie ihr die Hände mit Papierhandtüchern ab und legen ihre Arme rechts und links des Oberkörpers auf die Decke.

»Wir sind bald wieder da und machen Sie fertig, Schätzchen, in Ordnung?«

Sie reagiert weiterhin nicht.

Im unreinen Arbeitsraum des Krankenhauses schütten sie das graue Wasser in den Ausguss.

»Armes Ding.«

»Wie, glaubst du, ist sie so geworden?«

»Na ja, sie kann überall hergekommen sein. Irgendein Mädchen hat ausgerechnet vom Pound Emporium aus angerufen. Sie war ohnmächtig – Rauchvergiftung.«

Zwei Stunden lang waschen sie die Hexe mit Feuchttüchern, Waschlappen und Wasser, streifen die tote Haut ab, die sich in allen Beugen und Falten angesammelt hat. Dann tragen sie auf die Wunden der Frau ein mildes Antiseptikum auf. Sie ziehen ihr ein sauberes Nachthemd an, sterilisieren die Matratze und beziehen das Bett neu. Die Frau liegt winzig darin, das Haar wild und verfilzt.

»Meinst du, das müssen wir abschneiden?«

»Sehe nicht, wie wir da sonst durchkommen sollen. Ein Kamm würde davon lebendig aufgefressen werden.«

»Kommt mir nicht richtig vor, das ohne ihr Wissen zu machen.«

»Sie wirkt auf mich nicht wie eine, der ihr Aussehen besonders wichtig ist.«

»Ohne all den Dreck sieht sie allerdings jünger aus.«

8 CATRIN

»Wie alt war denn diese Landstreicherin überhaupt?«, fragte Ihre Mutter am nächsten Morgen. »Ich habe noch nichts gehört.«

»Sie war echt alt. Älter als du.«

»Charmant.«

Ihre Mutter knallte beim Umblättern mit der Seite der Boulevardzeitung und verfolgte das Thema nicht weiter. Catrin behielt sie mit einem Auge im Blick, während sie das Foto von Rosalind, der Schwester ihrer Mutter, aus der Küchenschublade stibitzte und es sich hinten in die Jeanstasche schob. Sie hatte gelernt, das Bild ihrer Mutter gegenüber nicht zu erwähnen und sich auch nicht dabei erwischen zu lassen, wenn sie es sich ansah. Es hatte keinen Zweck, Mam wütend zu machen. Sie brauchte nicht noch mehr Verunsicherung.

Mary blickte vom *Argus* auf. »Ich bin stolz auf dich, dass du den Krankenwagen gerufen hast. Du hast ihr wahrscheinlich das Leben gerettet.«

»Ich war einfach nur die Erste, die da war, das ist alles. Tasse Tee?«

»Nur zu.«

Was konnte es schaden, das Foto mitzunehmen und eine Kopie davon zu machen? Wegen des Regens und der Landstreicherin war Catrin gestern überhaupt nicht zum Zeichnen gekommen. Ihre Lehrerin hatte ihr gesagt, wenn sie hart arbeite, könne sie gut genug für die Kunsthochschule sein. Es würde allerdings zwangsläufig auf Cardiff hinauslaufen, da Mam in dem Zustand war, in dem sie war. Es war ja nicht ihre Schuld, dass sie an Agoraphobie litt, und Mam würde sie niemals darum bitten, bei ihr zu bleiben. Doch die Veränderung ihrer Mutter seit jenem Tag vor zwei Jahren, als sie sie weinend in der Küche gefunden hatte, zu verängstigt, um das Haus zu verlassen, lastete schwer auf Catrin. Mam schien sich selbst verloren zu haben. Wie kann ein Mensch sich verlieren? Catrin rührte Milch und Zucker in den Tee, so wie ihre Mutter es mochte.

Draußen im Flur pellte sie sich die Turnschuhe von den Füßen und stieg die Treppe hinauf, wobei sie beobachtete, wie der Tee in der Tasse bei jedem Schritt hin- und herschwappte. Sie zog das Foto aus ihrer Jeans und schob es unter ihr Kopfkissen, setzte sich in den Schneidersitz und wickelte ihr Skizzenbuch aus der nassen Frischhaltefolie aus.

Catrin beschloss, noch bevor sie sich Rosalind widmete, die Landstreicherin zu zeichnen, das Gesicht der alten Frau aus dem Gedächtnis einzufangen, solange sie dazu noch in der Lage war. Sie zeichnete die tiefen Falten in ihren Wangen, die Konturen ihres Mundes, die Risse in ihren Lippen. Aber es war keine Seele darin. Sie riss die Seite aus dem Buch und versuchte es erneut, diesmal begann sie mit den losen Haarsträhnen um ihr Gesicht und den verknoteten dunklen und grauen Dreadlocks, aber so war es auch nicht richtig. Catrins Konzentration ließ nach, sie ertappte sich dabei, dass sie stattdessen an den weinenden Daniel Clements auf dem Bauhof dachte und wie sie den Arm um ihn legte und auf magische Weise alles besser machte, anstatt ihn dort allein zurückzulassen.

In den Tagen nachdem sie weggelaufen waren, hatten die anderen Kinder mit eiskaltem Vergnügen über Mr Clements' Selbstmord getuschelt, als könnte nur den Clements etwas Schlimmes zustoßen. Und Catrin hatte ihnen nicht gesagt, dass sie den Mund halten sollten, wie es eine wahre Freundin getan hätte. Sie wusste noch, wie der Leichenwagen am Schulhof vorbeigefahren war, ein plötzliches vertikales Aufleuchten hinter dem Zaun. Sie war mit ihren Klassenkameraden von der einen zur anderen Seite des Hofes gerannt, um den Weg des Wagens um die Straßenecke zu verfolgen. Daniel saß im Auto und begleitete den Sarg seines Vaters. Sein Kopf war gesenkt. Sie konnte Daniel nicht dazu bringen, sie anzusehen, damit sie seinen Blick erwidern und ihm zeigen konnte, wie leid es ihr tat. Und dann erschien mit Kreide auf den Boden des Pausenhofs gezeichnet das Galgenmännchen, als ob das Ganze ein Spiel wäre. Sie wischte es mit Spucke und ihrer Schuhsohle weg, damit er es nicht sehen musste, aber Daniel kehrte nicht in die Schule zurück.

Sie schrieb ihm einen Brief auf Papier, das sie aus einem Schulheft gerissen hatte. Drei Seiten, an den Rändern gerade abgeschnitten, um die hässliche Risskante zu verbergen. Als sie den Brief fertig hatte, machte sich Catrin auf den Weg nach Bryn Hyfryd und stellte sich vor, dass sie ihn ihm überreichen oder ihn vielleicht einfach in seinen Briefkasten stecken würde. Als sie bei Daniels Haus ankam, war jeder Vorhang fest vor der Welt zugezogen. Es wäre einem Angriff gleichgekommen, wenn sie versucht hätte, den Verteidigungswall dieser Vorhänge zu durchbrechen. Die Botschaft war eindeutig. Bleib draußen. Sogar der betonierte Weg zu seiner Haustür kam ihr plötzlich feindselig vor, so als könnte er sich zu Falten aufwerfen wie ein aufgeschüttelter Teppich, sollte sie es wagen, ihn zu betreten. Die alte Vertrautheit war verschwunden. Catrin kehrte nach Hause zurück, wo sie den Brief wegwarf, ihn vor sich selbst zwischen den schwarzen Tüten in der Mülltonne versteckte.

Sie versuchte erneut, Daniel zu schreiben, konnte aber Gefühle nicht in Worte fassen. Irgendwo zwischen Herz und Stift entfloh die Wahrheit und hinterließ leere und unpersönliche Absätze. So unpräzise wie ein durcheinandergewürfeltes Alphabet. Worte für jeden oder niemanden, ganz bestimmt nicht gut genug für Daniel. Catrin konnte ein Gefühl zeichnen, aber sie konnte es nicht aufschreiben. Das Zeichnen hielt ihre Gefühle davon ab, sie innerlich aufzufressen, aber Daniel half das nicht.

Catrin holte das Foto unter dem Kopfkissen hervor. Ihr war bewusst, dass sie Rosalind nur in dem Maße ähnlich sah wie eine Strichskizze einem fertigen Gemälde. Dai Bevel hatte recht. Selbst auf dem düsteren Schwarz-Weiß-Foto glänzte Rosalinds dunkles Haar an den Stellen, wo es dem schwarzen Schal entwischt war, den sie um ihren Kopf und ihre Schultern geschlungen hatte. Catrin betrachtete die tiefen Schatten um Rosalinds blasse Augen. Ihre Tante war die schönste Frau, die sie je gesehen hatte, und sie war stolz, mit diesem überirdischen Geschöpf verwandt zu sein.

Das Bild wirkte zeitlos, unwirklich, als wäre es vor hundert Jahren aufgenommen worden. Aber das war es nicht. Auf der Rückseite des Fotos war ein Datum aufgestempelt: 3. November 1978. Einmal war Catrin während der Schulpause in den Computerraum gegangen und hatte »Rosalind Bone« in die Suchmaschine eingegeben. Sie hatte mit Treffern gerechnet. Das Foto musste aus einem Grund aufgenommen worden sein. Vielleicht war der Anlass ein Ereignis, der Umstand, der sie aus Cwmcysgod fortgeführt hatte.

Aber da war nichts.

Catrin kam auf die Idee, dass die Archivausgaben des *Argus* in der Bibliothek von Ponty ihr vielleicht etwas verraten könnten. Aber sie brauchte einen guten vorgeschobenen Grund, um nach Ponty zu fahren. Schließlich war dies Cwmcysgod. Es war unmöglich, dass man irgendwohin ging, ohne dass die Kunde dieses Vorkommnisses vor einem selbst zu Hause eintraf. Das ganze Tal war von Meisterspionen bevölkert, die sich hinter Hausecken verbargen, in Bussen saßen, Kinderwagen schoben und Informationen über den Nachwuchs der anderen sammelten. Catrin würde ihrer Mutter sagen, dass sie in die Bibliothek wolle, um sich Kunstbücher anzuschauen. Noch besser, sie könnte sagen, sie wolle die Landstreicherin im Krankenhaus besuchen. Ihre Mutter würde hören wollen, was es Neues gab, und Catrin hatte ohnehin schauen wollen, ob es der Frau gut ging. Die Ausrede stimmte also zu neunzig Prozent. Dabei stimmten ihre Wünsche und die von Mam neuerdings nur noch selten überein.

»Was ist so faszinierend an diesem Foto?«, fragte ihre Mutter und riss es Catrin aus der Hand. Keine einzige Treppenstufe hatte geknarrt, um ihr Nahen anzukündigen.

»Ich wollte es nur zeichnen.«

»Und genau das hätte sie sicher gerne.«

Mary nahm das Foto mit nach unten.

Catrin begann, wütende kleine Strichmännchen zu kritzeln. In der Bibliothek von Ponty würde es einen besseren Abzug des Fotos geben. Es war Neid, nichts anderes. Offensichtlich wollte Mam die Schöne sein, die es verdammt noch mal aus Cwmcysgod hinaus geschafft hatte, und nicht die ins Haus eingesperrte Agoraphobikerin. Wer würde das nicht wollen? Auf alle Fälle würde es erklären, warum das Foto nicht gerahmt an der Wand hing oder in ein Album geklebt war. Vielleicht war die Küchenschublade Rosalinds Strafe für ihre Schönheit und dafür, dass sie gegangen war.

Als Catrins Wut verraucht war, bereute sie ihre gemeinen Gedanken. Sie fand ihre Mutter an der Gartentür, wo sie, die Schulter an den Türrahmen gelehnt, rauchte. Mit der anderen Hand zwickte sie sich in die Fettröllchen an ihrer Taille und am Rücken. Als sie Catrin bemerkte, hörte sie damit auf, zündete sich an der alten eine neue Zigarette an und blickte den Berghang hinauf.

»Tut mir leid, Mam.«

Ihre Mutter biss sich auf die Lippe und lächelte sie verständnisvoll an. »Bald wächst wieder Gras, schätze ich«, sagte sie.

»Das hoffe ich … Mam, ich fahre morgen nach Ponty, ich will mal sehen, ob ich die alte Landstreicherin im Miners' Hospital besuchen kann.«

»Bring mir Wäscheklammern mit, wenn du schon da bist.«

9 MRS WILLIAMS

Mrs Williams hatte keine Geduld mit Leuten, die in ihrem Laden herumlungerten. Was in aller Welt wollte Sharon Clements hier, was sie nicht auch billiger oben im Pound Emporium bekommen konnte? Das Letzte, was Mrs Williams brauchte, war Kundschaft. Dai Bevel war bereits da gewesen, eingemummelt in seinen Mantel, egal bei welchem Wetter. Seine Augen, die einzigen beiden hellen Punkte in seinem umnachteten Hirn, irrlichterten in seinem Kopf herum, als suchten sie nach einem Weg hinaus. Er war schon immer jemand gewesen, der Seltsames und Sonderbares kaufte. Er war selbst seltsam und sonderbar, schon als Junge war er so gewesen. Erstaunlich, dass er überhaupt geheiratet hatte. Für jeden Topf einen Deckel, wie man so schön sagt. Mrs Williams hatte einmal auf ihn und seine Schwester aufgepasst, als die Mutter der beiden ausgegangen war. An der Zimmertür des Jungen war von außen ein Riegel angebracht gewesen. Alles andere als normal. Und seine Schwester, die später das Tal so schnell verlassen hatte, wie es nur ging, war Mrs Williams an dem Abend wie ein Schatten nicht von der Seite gewichen. Hatte sich nicht ins Bett schicken lassen, bis ihre Mutter nach Hause kam. Mrs Williams war nicht wieder hingegangen. Nichtsdestotrotz hatte sie in den seitdem vergangenen sechzig Jahren Dai Bevels Geld angenommen. Was stellte er bloß mit all den Feueranzündern an? Der alte Knacker kaufte pro Woche ungefähr vier Packungen. Der Laden profitierte nicht schlecht von seinem Alzheimer. Wüsste Mrs Williams es nicht besser, hätte sie vermutet, dass es Dai Bevel war, der die Grasbrände legte. Er musste zu Hause ganze Schränke voll von dem Zeug haben, aber er ließ sich nicht abwimmeln, und so hatte sie es längst aufgegeben, ihm den Kopf zu waschen.

Sharon Clements machte sich auf den Weg zur Kasse. Eine Dose Bohnen. Sie bezahlte mit einem Fünf-Pfund-Schein und bat darum, das Wechselgeld in Fünfzig-Pence-Stücken zu bekommen. Frechheit. Mrs Williams sah sie über die Straße zur Telefonzelle gehen. Wieso in aller Welt benutzte sie ein Münztelefon?

Und jetzt war da diese Catrin Bone.

»Ja?«

»Sie haben keine Wäscheklammern aus Holz?«

»Nein, Liebes.«

Das Mädchen hielt sich nicht mit »Auf Wiedersehen« oder »Vielen Dank, Mrs Williams« auf. Sie marschierte einfach hinaus.

»Tja, die wird noch genauso wie alle anderen Bone-Frauen, ein Lächeln von denen ist so selten wie ein Sechser im Lotto«, brummte Mrs Williams. Die alte Frau gluckste, steckte sich ein Anisbonbon in den Mund und ließ es um ihre verbliebenen Zähne herumkreisen. Sie sah auf ihre neue Digitaluhr. Shane Clements würde nun jeden Moment kommen. Ihr Neffe Paul Rhys aus der Autowerkstatt hatte ihr die Casio geschenkt, als sie auf ihrer kleinen aufziehbaren Armbanduhr die Zeit nicht mehr ablesen konnte. Sie trug die neue Uhr neben der alten, die ein Geschenk ihres Mannes zu ihrem einundzwanzigsten Geburtstag gewesen war, damals, als eine Uhr noch etwas wert gewesen war und nicht nur billiger Ramsch. Paul war so gut gewesen, ihr die digitale Uhr zu kaufen. Das war wirklich sehr umsichtig gewesen. Sie hatte an ihm nichts zu tadeln gehabt, bis er diese Karen geheiratet hatte. Seit er mit ihr zusammen war, war er so übermäßig bemüht mit dieser künstlichen Bräune und den gezupften Augenbrauen. Er hatte so etwas Homosexuelles an sich. Aber solchen Humbug gab es in ihrer Familie nicht. Männer waren Männer, auch dann, wenn ihr bester Freund der Spiegel war.

Das Schlimmste, was ihr Neffe je getan hatte, war, diese Frau zu heiraten. Sie war es gewesen, die Mrs Williams' kleinen Schichten in seiner Tankstelle ein Ende gesetzt hatte. Dabei hatte Mrs Williams auf diese Schichten gezählt. Es war zwar eintönig, aber die Kunden hatten sie geliebt, »Mrs DoubleYou« hatten sie sie genannt. Es war wie in den alten Zeiten gewesen, als guter Service noch etwas gezählt hatte. Sie waren in ihren Autos sitzen geblieben, während sie ihnen den Tank aufgefüllt hatte. Sie brauchten nicht einmal auszusteigen, um zu bezahlen. Es war ein gutes System. Ließ keinen Verdacht aufkommen. Ihre Stammkunden kauften für fünf Pfund Benzin, gaben ihr einen Zwanziger, und »Mrs DoubleYou« griff in ihre Schürze und händigte ihnen mit dem Rückgeld fünf Gramm Haschisch aus. Eine runde Sache. Dann trat die neue Frau ihres Neffen mit ihren Plastiktitten und ihrer zweifellos pelzfreien Muschi auf den Plan, und die ganze Operation geriet ins Stocken. Oh ja, das kleine Fräulein ohne Höschen hatte die Nummer mit der armen alten Dame sofort durchschaut. Hatte es ihr auf den Kopf zugesagt. Und Mrs Williams musste in ihren Laden an der Ecke zurückhumpeln, ohne zu wissen, wie sie nun ihr Marihuana an den Mann bringen sollte.

Wenigstens waren ihr Neffe und Fräulein ohne Höschen eindeutig verliebt. Und zufälligerweise hatten sich die Dinge für Mrs Williams vorteilhaft entwickelt. Nun musste sie die Tage nicht mehr damit verbringen, ihren Brechreiz zu unterdrücken, wenn das Paar sich gegenseitig beschlabberte. Die alte Frau brauchte nicht lang zu suchen, um einen noch besseren Vertriebsweg zu finden. Dieser Lümmel Shane Clements brauchte ein Ziel im Leben. Mrs Williams rief ihr eigenes Jugendförderprogramm ins Leben und ernannte ihn zu ihrem Vertriebsleiter. Ihr Lieferservice stellte das Zeug frühmorgens zusammen mit der Tageszeitung zu, ein adrettes, festes Päckchen aus Frischhaltefolie, braunem Papier und Schnur.

Mrs Williams war in einem Alter, in dem der Schlaf sie schubweise übermannte, zwischen den Toilettengängen zur Entlastung ihrer schwachen Blase. Die Schlaflosigkeit des fortgeschrittenen Alters schenkte ihr ungestörte Stunden, in denen sie ihre Ware zuschneiden, wiegen und verpacken konnte. Sie legte sich ihre Waage, ihre Lupe und ihre Pinzette zurecht und machte sich mit fest unter dem faltigen Kinn gebundenem Kopftuch und eng über die schrumpeligen Finger gezogenen Latexhandschuhen an die Arbeit. Wenn alles geschnitten und abgewogen war, machte sie in ihrem Notizbuch die Buchhaltung, bevor sie die Vinyl-Tischdecke abwischte, um die Spuren zu beseitigen. Die Kunden bezahlten sie direkt an der Ladentheke im Voraus und kauften die eine oder andere Flasche Milch oder eine Packung Kekse, um keinen Verdacht zu erregen. Shane erwies sich bei der Verteilung des Produkts als sehr effizient. Und was das Beste war, er ließ sich gerne mit Dope und einem gelegentlichen Zehner hier und da bezahlen. Der Trottel.

Nächsten Monat würde Mrs Williams ihr zehnjähriges Jubiläum als offizielle Partnerin der walisischen Mafia in Cardiff feiern, der Taffia. Aber dass sie sich mit finsteren Typen eingelassen hatte, reichte lange zurück. Als ihr Mann Derek noch gelebt hatte, war sie ihm als Ehefrau untreu gewesen. »Weihnachtseinkäufe« in Cardiff zu machen hatte Jahr für Jahr bedeutet, zehn Minuten in der Stadt zu verbringen und fünf Stunden in Splott, wo sie mit Taffia Mac soff und für einen Quickie auf die Feuerleiter des Snooker-Clubs verschwand. Taffia Mac. Also, das war mal ein echter Kerl. Jetzt alt natürlich, aber zu seinen guten Zeiten war er etwas Besonderes gewesen mit seiner Entenarschfrisur und den Bargeldbündeln.

Es war Mac, der sie überredet hatte, als das Pound Emporium seine Türen öffnete. »Es wird dich ruinieren, das Ding«, hatte er gesagt. »Alles für ein Pfund!«

Mrs Williams' Augen wurden feucht, als sie daran dachte.

»Hör mir gut zu, meine Schöne«, hatte er gesagt. »Es gibt Sachen, die man im Pound Emporium nicht kaufen kann … Du musst etwas diversifizieren.«

Ja, Mac lag wirklich etwas an ihr. Und als ihr Mann erst seine sterbliche Hülle abgelegt hatte, gab es niemanden mehr, der besser dafür geeignet gewesen wäre, für die Taffia von Cardiff die Leitung der Außenstelle Cwmcysgod zu übernehmen, als Mrs DoubleYou. Achtzigjährige Frauen in Cardigans stehen über dem Verdacht der Gesetzeshüter. Gott segne Mrs Williams und ihren kleinen Laden an der Ecke. Eine Institution im Tal.

10 ROSALIND

Die beiden Mädchen teilen sich ein Zimmer. Jeden Abend lässt Mary Rosalind unter ihre Decke, und sie lesen einander abwechselnd laut vor. *Die Schatzinsel*. Heute Abend ist Rosalind an der Reihe. Sie verschlingen ihre Füße ineinander, und Mary drückt Rosalind ihren Finger auf die Lippen, wenn ihre Stimme zu mehr als einem Flüstern anschwillt, damit ihr Spiel nicht auffliegt.

Bevor der blinde Pew an diesem Abend seinen Auftritt hat, sieht Rosalind, wie die Augenlider ihrer großen Schwester flattern und sich schließen, flattern und sich schließen, bis sie endlich eingeschlafen ist. Rosalind fühlt sich im Arm ihrer großen Schwester sicher, lauscht ihrem stetigen Herzschlag. Vom Fuß der Treppe aus hat ihre Mutter das Licht gesehen, das unter der Zimmertür der Mädchen hindurchgefallen ist. Sie ist wütend. Morgen früh ist Schule.

»Ich habe es dir schon einmal gesagt, Rosalind.« Die Worte schneiden durch die buttrig warme Luft direkt in Rosalinds Herz.

Rosalind legt sich in ihr eigenes Bett und schaltet die Lampe aus.

»Eira« – die Stimme ihres Vaters klingt tief und leise –, »Eira, sei nett, die Kleine will doch nur lesen.«

Gott sei Dank gibt es Dadi.

»Sie hat dich genau da, wo sie dich haben will, das Gör.«

»Du weißt nicht, wie viel Gutes du an diesen Mädchen hast, Eira.«

»Und du würdest das Schlechte nicht erkennen, wenn es dir ins Gesicht klatscht.«

Sie streiten weiter, aber ihre Stimmen sind jetzt leiser, die Worte schlechter auszumachen.

Rosalinds Gedanken begeben sich auf den Pfad, ihrem Dadi von dem Mann zu erzählen, aber wie immer schreckt sie davor zurück. Sie kann nicht riskieren, die Liebe ihres Vaters zu verlieren. Er betrachtet sie als jemanden, der gut ist. Er sieht sie immer als einen guten Menschen. Das kann sie nicht aufgeben. Sein Glaube an sie bildet das kleine Stückchen Boden unter ihren Füßen. Würde er erlöschen, wäre dort gar nichts mehr.

Alles ist still. Cwmcysgod liegt im Bett. Im Haus der Bones schrillt die Dunkelheit. Rosalind bringt den Mut nicht auf, die Augen zu schließen. Um sich Halt zu verschaffen, zählt sie die Gegenstände im Raum, so wie ein Rosenkranz Betenden Halt gibt. Den kleinen Holzstuhl und jede seiner Sprossen. Ihre Schuhe und die von Mary, die dicht nebeneinander vor der Fußleiste neben der Tür stehen. Geschlossene Augen bringen Schwärze und Wahrheit und zerren Rosalind zurück an den Ort, wo sie gefallen, etwas vorspielen und lügen muss. Ihm zu Gefallen sein, damit er sie nach Hause gehen lässt. Ihrer Mutter vorspielen, ihre Uhr wäre kaputt, wenn sie durch die Gartentür ins Haus schlüpft, zu spät. Ihr vorlügen, dass sie nie wieder zu spät nach Hause kommen wird. Ein Versprechen, das ihre Mutter mit einem Gürtel auf die Rückseite ihrer Beine aus ihr herausprügelt, während ihr Vater Schicht hat, tief unten in der Grube. Ein

Versprechen, welches das Kind mehr als alles andere einhalten möchte.

Der Mann flüstert ihr zu, niemandem zu erzählen, was sie treiben, wenn seine Frau beim Friseur ist. Er wird ins Gefängnis müssen, wenn sie es verrät. Rosalind stellt sich eine dunkle Gefängniszelle vor und wie er darin eingesperrt wird.

»... und du kommst mit mir. Das machen sie mit Mädchen, die petzen.«

Sie rückt ihr Kleid zurecht und hasst sich, während er ihr ein Glas Orangenbrause macht. Sie weiß, dass sie etwas davon trinken muss, bevor er sie gehen lässt. Er gibt ihr einen Keks. Sie verlässt sein Haus durch das hintere Gartentor. Allein auf der Gasse steckt sie den Keks durch die Lamellen eines Gullys, wo er ins Wasser fällt und mit dem Schmutz, dem Unrat und der Seifenlauge davontreibt.

Als sie später mit Mary Himmel und Hölle spielt, sieht sie den Mann mit seiner Frau. Sie weiß, sie muss das Bonbon annehmen, das er ihr anbietet. Das Spiel mitspielen. Er spielt gut, manipuliert Mary so, dass sie eifersüchtig wird und seine Aufmerksamkeit will. Mary knufft Rosalind unsanft in die Rippen, um sie daran zu erinnern, Mr Bevel für seine Freundlichkeit zu danken. Rosalind hüpft auf dem Spielfeld davon und beschwört ihre Schwester insgeheim, sich ebenfalls von ihm zu entfernen, aber Mary steht nur regungslos da und blickt auf ihre Schuhe.

Rosalinds größte Angst ist, dass Mr Bevel Mary dasselbe antun könnte wie ihr. Sie möchte Mary warnen, aber sie kann die Worte nicht aussprechen, denn das würde es aus ihren Eingeweiden hervorholen und die Welt zerstören.

Rosalind hat sich dafür entschieden, das Gift bei sich zu behalten. Stattdessen denkt sie sich ein Spiel aus, bei dem sie ihre Nachbarn mit Blumen benoten, die sie heimlich neben deren Gartentor oder Haustür abstellen. Auf diese Weise kann sie die Gefahr deutlich machen, die von Dai Bevel ausgeht. Rosalind lässt Mary zuerst wählen. Mary sucht sich Rosenblütenblätter von einem Busch aus, der tief über die Gasse hängt. Sie sind pfirsichfarben und duften süß. Diese sollen die ultimative Auszeichnung sein und werden der alten Dame verliehen, die keine Familie mehr hat, deren Vorhänge ihre beste Zeit hinter sich haben, aber einst hübsch waren. Die Mädchen verstreuen die Blütenblätter auf ihrer Eingangstreppe und reiben dabei ihre weiche Glätte zwischen den Fingern, um etwas von ihrem Duft zu erhaschen. Danach wenden sie sich Löwenzahn, Gänseblümchenketten und Klee zu, den minderwertigeren Blumen. Dann den Blättern, Ampfer und Gras. Ganz zuletzt bewertet Rosalind die menschliche Qualität von Mr Bevel. Selbst Brennnesseln, die schlimmsten aller Pflanzen, sind zu gut für ihn. Rosalind schaufelt die Zigarettenstummel von einem Haufen im Rinnstein zusammen, wo irgendein Misanthrop den Inhalt seines Auto-Aschenbechers entsorgt hat, und wirft sie über die Eingangspforte der Bevels. Die Asche zerstreut sich, und die Stummel rollen ein Stück weit, bevor sie auf seinem Weg liegen bleiben. Mary schaut mit offenem Mund zu, fassungslos, dass ihre hübsche kleine Schwester sich eine solch schreckliche Tat ausdenken kann. Rosalind nimmt Marys Hand und führt sie fort.

11 ROSALIND & MARY

Mary hält die weiche Haut der Innenseite ihres Handgelenks vor Rosalinds Nase, damit auch sie den Spritzer Parfüm riechen kann, den Mary aus der Flasche in der Schublade ihrer Mutter entwendet hat. *La Femme.*

Ihre Eltern sind nicht da. Als Nächstes steht auf der Tagesordnung, sich Dadis Armee- und Marine-Feldstecher auszuleihen. Er bewahrt ihn im Hausflur auf, unter seinem guten Sonntagsmantel. Mary ist zuversichtlich, dass er Mam nichts davon sagen wird, selbst wenn er es herausfindet. Dadis Zorn ist ein mythisches Ungeheuer, etwas, mit dem Mam ihnen droht, das die Mädchen aber noch nie gesehen haben.

Rosalind zwängt sich in den Spalt zwischen dem Wellblechschuppen und der Backsteinmauer hinten im Hof. Sie winkt Mary zu sich. Das Blech hat sich den ganzen Vormittag über gesonnt. Wenn man es berührt, ist es heiß wie ein Ofen. Mary schlüpft neben sie, schrammt sich aber am Mörtel das Knie auf, weil sie versucht, der Verbrennung durch das Metall zu entgehen. Blut tropft auf ihre weißen Kniestrümpfe. Darüber wird Mam nicht erfreut sein. Blut kann man nicht auswaschen.

Rosalind reckt ihren Kopf, die Arme und die Schultern über die Mauer und schaut, die Augen hinter dem Fernglas, das steile Gefälle der Böschung hinunter. Unter ihnen ist der braune Kieselbach, der in dem Graben zwischen dem

Berg und der erhöhten Straße hindurchfließt. Sein Wasser singt im Sonnenlicht, rieselt in Becken und ergießt sich in den größeren Strom des Nant Bedw.

»Wenn du das Fernglas ins Wasser fallen lässt, wird Dadi dir nie verzeihen«, sagt Mary und spürt eine plötzliche Aufwallung von Boshaftigkeit. Sie stellt sich einen kleinen Ausbruch von Unfrieden zwischen ihrer Schwester und ihrem Vater vor, aber dazu wird es niemals kommen. Rosalinds hübsches Gesicht schützt sie vor allem Groll. Es ist Rosalinds Zauber, mit dem sie jeden erwachsenen Menschen belegt außer Mam, die man unmöglich entwaffnen kann.

»Schau du mal nach da unten, Mary«, bittet Rosalind.

Mary ist jetzt mit dem Fernglas an der Reihe. »Siehst du?«, sagt sie zu Rosalind. »Ich habe dir doch gesagt, dass da keine Fische drin sind. Fische können nicht in Wasser leben, das voller Kohlestaub ist.«

»Aber da sind Vögel.«

Eine Gruppe von Spatzen hüpft von Stein zu Stein und flattert mit den Flügeln im Wasser. Mary stößt ihre Schwester etwas fester an als nötig, und die beiden rücken zur Seite wie Stare auf einem Telefondraht, bis sie aus dem engen Spalt zwischen Mauer und Blech heraus sind und im offenen Hinterhof stehen.

»Bussarde!«, schreit Rosalind und zeigt nach oben.

Sie schnappt sich den Feldstecher, obwohl der Riemen noch um Marys Hals liegt. Mary zieht dagegen, legt den Kopf in den Nacken, schirmt ihre Augen vor der Sonne ab und beobachtet, wie ein Bussard und dann noch einer die thermischen Sommerwinde umsegelt, wie ihre Bahnen sich überlappen und kreuzen, wie sie sich spiralförmig eine unsichtbare Achterbahn hinunterschrauben, um durch den Himmel zu stürzen.

Beide Mädchen hören, wie ein Streichholz angezündet wird, und drehen sich um. Ihr Vater steht in der Hintertür und raucht, die Ärmel seines weißen Hemdes fest aufgekrempelt. Rosalind entschlüpft Mary und läuft auf ihren Vater zu, lässt Mary stehen.

»Zwei Bussarde, Dadi!«

Er kommt auf den Hof heraus.

»Rosalind hat das Fernglas genommen«, erklärt Mary und reicht es ihm.

Trotzdem lässt er seine Zigarette fallen und hebt Rosalind in die Höhe, sodass ihre Hüfte oben auf seiner Brust zu liegen kommt, als wollte er sie näher zum Himmel heben. Er gibt Rosalind den Feldstecher.

»Sag mir, was du siehst, *bach*.«

»Federn, die gespreizt sind wie Finger«, sagt Rosalind.

»Sie sind wahrscheinlich hinter den Tauben auf den Schornsteinen her«, erklärt er.

Er setzt Rosalind ab und reicht das Fernglas Mary. Jetzt ist sie an der Reihe. Sie beobachtet, wie die Bussarde hoch in den Himmel aufsteigen, kleiner und immer kleiner werden, bis sie überhaupt nicht mehr zu sehen sind.

»Sie sind im Nichts verschwunden«, sagt sie.

Aber Rosalind und ihr Vater sind schon mit einem anderen Abenteuer beschäftigt. Sie sind zusammen an der Hintertür und schauen unter Steinen und an dunklen Stellen nach Käfern und Asseln. Kreaturen, bei denen Mary nicht einmal so tun kann, als würde sie sie mögen.

12 MARY

Als sie achtzehn Jahre alt war und seit zwei Jahren in der Eimerfabrik arbeitete, wurde Mary in das Büro des Betriebsleiters Mr Gallagher gerufen. Seit sie zusammen mit einem Großteil ihrer Klassenkameraden in der Fabrik angefangen hatte, war sie noch nicht ein einziges Mal in sein Büro bestellt worden. Mary nahm an, dass sie entlassen werden sollte.

Ethel, Gallaghers Sekretärin, führte Mary in sein Büro und verließ dann den Raum, wobei sie die Tür hinter sich schloss.

»Ethel geht in den Ruhestand«, begann Gallagher und lehnte sich in seinem wuchtigen Kunstleder-Drehstuhl zurück. »Und ich habe gehört, deine Schwester ist jetzt mit der Schule fertig. Büroarbeit passt zu ihr, deswegen mache ich ihr ein Angebot. Sie kann eine Ausbildung anfangen, um Ethel zu ersetzen.« Er reichte Mary einen Umschlag, der an Rosalind adressiert war.

»Gib ihn ihr, ja, Schätzchen?« Damit winkte er sie fort.

Gallagher hatte recht: Rosalind würde fehl am Platz wirken in einem Overall, in dem sie schreiend den Lärm der Plastikspritzgießer übertönen und den sauren chemischen Geruch einatmen müsste. Mary machte es nichts aus, zusammen mit den anderen Plastikeimer herzustellen. Immerhin war es ein Job. Aber wenn Rosalind dabei wäre, würden die Männer sie umgarnen und die Frauen ihren Humor verlieren. Ja, wenn Rosalind schon in der Fabrik arbeiten musste, war es besser, sie war oben im Büro, weg von den Massen.

Ethels Abschiedsfeier war eine traurige Angelegenheit. Unter dem Applaus der Kollegen überreichte ihr Gallagher einen Gratisplastikeimer mit ihrem Namen darauf. Als Zeichen des Dankes für ihre langjährigen Dienste. Ethel traten Tränen in die Augen. Sie tupfte sie mit dem Ärmel ihres Mantels ab.

Ethel war eine tüchtige Sekretärin gewesen, hatte Gallagher aber wenig Anlass geboten, sie anzusehen. Nun stellte er die Möbel in seinem Büro um, indem er Rosalinds künftigen Schreibtisch sofort direkt gegenüber seinem eigenen platzierte, sodass dazwischen kaum Platz blieb. In seiner Verehrung für Rosalind war er nicht allein. An ihrem allerersten Tag und auch an jedem weiteren lungerten die Männer nach Ende ihrer Schicht vor der Fabrik herum. Sie bildeten rücklings an die rote Backsteinmauer gelehnt eine Reihe, standen mit den Stiefeln in schmutzigen Pfützen, drehten sich Zigaretten und warteten darauf, dass Rosalind Bone kam. Wenn sie vorbeiging, gab es keine Pfiffe oder anzügliche Bemerkungen wie bei den anderen Mädchen. Die Männer betrachteten Rosalind schweigend. Die Frauen waren nicht erfreut.

*

Als Rosalind aus Cwmcysgod weggegangen war, rief Gallagher Mary erneut in sein Büro.

»Dass deine Schwester uns plötzlich sitzen ließ, hat uns ganz schön in die Bredouille gebracht. Ab Montag kannst du hier oben bei mir arbeiten.« Er musterte Mary von Kopf bis Fuß.

»Du musst dich allerdings ein bisschen in Schale werfen. Und es ist nur auf Probe.«

Der Rock und die hochhackigen Schuhe, die ihre Mutter Rosalind für die Arbeit gekauft hatte, waren noch im Schrank. Die Schuhe passten, aber der Rock war zu eng. Mary trennte die Nähte auf und nähte an den Seiten zusätzliche Stoffstreifen ein. Zuerst rochen die Kleider noch nach Rosalind. Ein Geruch ebenso wie eine Erinnerung. Etwas Ursprüngliches und Schmerzhaftes, was Mary die Nähe ihrer gemeinsamen Kindheit in Erinnerung rief, eine Wahrheit, die sie bald chemisch herausreinigen ließ. Stattdessen verweilte sie in Gedanken bei der Rosalind, die sich vor ihr zurückgezogen hatte, der Rosalind, die von ihrer Schönheit und ihrer Selbstbezogenheit ganz vereinnahmt wurde, der Rosalind, die die alleinige Aufmerksamkeit und alle Blicke für sich beanspruchte. Denn die Schönheit hatte zwar das Podest errichtet, aber hatte Rosalind sich nicht selbst daraufgestellt, um sich über Cwmcysgod zu erheben? Unnahbar, in sich gekehrt, stundenlang verschwunden in Gott weiß wessen Bett, wenn man dem Dorfklatsch Glauben schenkte.

Tja, sie hatte getan, was sie getan hatte, und es führte kein Weg mehr zurück.

Nach etwa einem Monat, Mary begann sich gerade an ihre neue Stelle zu gewöhnen, überraschte Gallagher sie. Sie holte gerade Unterlagen aus dem Schrank neben Gallaghers Schreibtisch, als er seine Hände über ihre Pobacken spreizte, sie drückte und mit seinen Fingern knetete.

Schockiert von seinem Verhalten beobachtete sich Mary dabei, wie sie sich unter dem Vorwand, jemand in der Fabrikhalle brauche den Papierkram, entzog. Als sie nicht mehr in seiner Gegenwart war, redete sie sich ein, dass sie sich das, was er ihr gerade angetan hatte, eingebildet haben musste. Doch als sie zurückkehrte, stand Gallagher mit dem Rücken zur Wand im Flur, sein Bauch wölbte sich vor. Er machte Mary nicht den Weg frei, um sie vorbeizulassen. Diesmal fiel ihr kein Vorwand ein, mit dem sie ihm entkommen konnte, also zwängte sie sich an ihm vorbei, wobei sie sich ihm lieber zuwandte als ihm ihren Hintern zuzukehren. Die Sekunde, die es dauerte, fühlte sich für Mary an wie ein langsames Ersticken.

Als sie wieder am Schreibtisch saß, rückte Mary ihren Stuhl so weit vor, dass die Tischkante in ihren Brustkorb drückte. Die Gewissheit des Drucks, des Schmerzes, den er verursachte, war auf gewisse Weise eine Erleichterung, etwas, worauf sie ihre Aufmerksamkeit lenken konnte.

Gallagher kam ins Büro und drehte sich auf seinem Kunstlederthron nach links und nach rechts, links und rechts.

Mary hielt den Blick auf das Papier in ihrer Schreibmaschine gerichtet. Die Schrift glitt über die Seite. Sie spürte, wie ihr die Bluse vor Schweiß an der Haut klebte. Bei Rosalind hätte er sich das nicht getraut.

»Mary«, sagte Gallagher. »Geh und hol mir eine schöne Tasse Tee.«

Gallagher berührte Mary nie wieder. Stattdessen spielte er mit ihr, quälte sie wie eine Katze eine Maus, erhielt die Bedrohung aufrecht bis zu dem Tag, an dem die Fabrik schloss.

13 CATRIN

Es dauerte ein paar Tage, bis Catrin es einrichten konnte, mit dem Bus nach Ponty zu fahren. Als er aus dem dunklen Tal ins Morgenlicht fuhr, hielten diejenigen, die Handys hatten, ihre Telefone in die Höhe und schwenkten sie auf der Suche nach Empfang durch die Luft. Catrin saß da, lehnte die Wange an die kühle Fensterscheibe und blickte auf die von der Landstraße abzweigenden Seitenstraßen mit ihren Reihenhäusern hinaus.

Die erste Haltestelle in Ponty war das Miners' Hospital. Es gab keine Minen mehr, jedenfalls nicht mehr seit den Streiks, aber es lebten noch immer viele ehemalige Bergleute und ihre Familien hier, die nun dort Patienten waren. Vom Bus aus betrachtete Catrin die dünnen Rauchfäden, die aus dem hohen Krankenhausschornstein aufstiegen, Fäden, die sich umeinander wanden wie loser Draht, bevor sie sich lösten und in den Himmel stiegen. Es war ein wunderschöner, tiefblauer Tag, und abgesehen von den überquellenden Mülleimern war das Gelände ziemlich hübsch, Rasenflächen und Rosenbeete und Bäume in den Ecken. Die Landstreicherin wusste vielleicht zu schätzen, dass sie dieses Grün um sich hatte, nachdem sie so viele Jahre in den Wäldern gelebt hatte; es musste vertraut und tröstlich für sie sein. Hätten Shane und Daniel das Feuer nicht gelegt, wäre sie immer noch dort, ohne dass jemand davon ahnte, abgesehen von ein paar entlaufenen Kindern, die sie für eine Hexe hielten.

Catrin stieg an der nächsten Haltestelle aus und ging hinunter nach Ponty durch die Allee von riesigen Rosskastanien, deren Wurzeln die Erde umklammerten wie beinerne Knöchel in Handschuhen aus Moos.

In der Hauptstraße öffneten die Geschäfte bereits, aber die Bibliothek machte erst um halb zehn auf. Um die Zeit totzuschlagen, ging sie zum Flussufer hinunter, setzte sich auf eine Bank und beobachtete, wie sich das Wasser durch die Stadt schob und Nebel vom Fluss aufstieg, um sich mit Autoabgasen und dem Duft von frischem Brot aus der alten Bäckerei zu vermischen. In ihrer Klasse gab es ein paar Jungs, die dort arbeiteten. Catrin hätte selbst gerne etwas Geld verdient, aber sie konnte ihre Mutter nicht den ganzen Tag allein lassen. Wenigstens hatte sie dadurch Zeit für interessantere Dinge. Detektivarbeit. Es war nicht normal, die eigene Schwester in einer Schublade zu verstecken.

Catrin setzte sich vor das Mikrofilm-Lesegerät, schenkte sich aus der alten Kanne ihrer Nan eine Tasse Tee ein und sah sich um. Die Wandfarbe der Bibliothek blätterte in winzigen, verblassten grünen Röllchen ab. Ihre Mutter war früher jeden Sonntag mit ihr hergekommen. Dann hatte Mam ihr in der Bäckerei einen Lebkuchenmann gekauft, der in ihrer Tasche weich wurde und nach Zucker und Gewürzen roch und darauf wartete, verspeist zu werden. Nachdem sich Catrin Bücher für die Woche ausgesucht hatte, waren sie nach Hause gefahren und hatten gemeinsam auf der Polsterbank gesessen, Catrin mit einem Buch und dem Lebkuchenmann, ihre Mutter hatte die Hände um einen Becher Tee gelegt. Zuerst hatte Catrin den Kopf abgebissen, damit der Mann sie nicht mehr anschauen konnte.

Die Bibliothekarin brachte ihr die Mikrofilmkästen für November 1978. Bei der Erinnerung an Lebkuchen lief Catrin das Wasser im Mund zusammen. Die Bibliothekarin warf einen Blick auf ihre Thermoskanne und deutete auf das laminierte Schild über dem Gerät. »Essen und Trinken streng verboten«. Catrin schüttete den Rest Tee in die Kanne zurück. Als die Bibliothekarin ihr erklärte, wie man das Gerät bedient, sprach sie langsam und betonte jede Silbe so, als wäre Catrin dämlich, dann kehrte sie an den Empfangstresen zurück.

Catrin Bone legte die erste Kassette ein.

14 ROSALIND

Rosalind ist sechzehn, und die Loyalität ihrer Schwester ist geschwunden. Abends liest Rosalind allein in ihrem Zimmer. Bücher interessieren Mary nicht mehr. Nichts von früher interessiert Mary. Sie geht mit ihren Freunden von der Fabrik etwas trinken und lebt ihr Leben getrennt von Rosalind. Ihr Bett neben dem von Rosalind steht leer, bis das Licht gelöscht ist. Wenn Mary die Zimmertür öffnet und auf Zehenspitzen hereinschleicht, will sie nicht mehr reden. Rosalind dreht sich mit dem Gesicht zur Wand, tut so, als schliefe sie, und starrt auf das Relief der Anaglypta-Tapete.

Ihr Vater ist treu. Ihr Vater hat ihr nie gesagt, dass sie schön ist. Sie hasst es, zu hören, dass sie schön ist, weil sie weiß, dass es nicht stimmt. Sie vertraut ihrem Vater; er will überhaupt nichts von ihr, außer über die Vögel zu sprechen, die sie auf dem Berg gesehen hat, oder über den Fuchs, der vor der Jagd in Pentrebach über das Feld geflohen ist. Er ist ein ruhiger Mann, der jeden Abend mit seinem Sessel verschmilzt. Jede Andeutung einer zänkischen Einlassung vonseiten seiner Frau oder Marys bremst er stets mit einem Blick aus oder mit einer raschen Frage zu einer anderen Angelegenheit oder einem Bericht über Neuigkeiten von seinem Tag. Er allein glaubt, dass sie ein guter Mensch ist. Rosalind ist allein mit der Wahrheit.

Mr Bevels Interesse ist abgeflaut, aber ihr Körper zieht

die Blicke von anderen auf sich. Sie ist die Männer leid. Auf der Straße, in den Läden und den ganzen Tag bei der Arbeit. Jedes Mal, wenn sie den Blick hebt, ruhen Mr Gallaghers Augen auf ihr. Sie spürt, wie unter dem langsamen Tropf seines Blicks ihr Fleisch verdirbt.

Die Frauen, die sie einmal angelächelt haben, sind jetzt feindselig. Schüchternheit verzeihen sie nur einem Kind. Wenn sich jemand in Schweigen hüllt, der ganz oben auf der Attraktivitätsleiter steht, erregt das Misstrauen. Neidisch gleiten Blicke über ihre neuen Kurven und wünschen sich eine Unvollkommenheit herbei. In der Fabrikkantine unterhalten sich die Frauen lautstark. Ihre Schwester Mary sitzt akzeptiert mitten unter ihnen und stimmt in die Scherze mit ein. Rosalind nimmt ihren Mut zusammen und versucht, sich in der Kantine zu ihnen an den Tisch zu setzen. Aber ihr Lachen verstummt, die Rücken drehen sich ihr leicht zu, die Schultern sacken nach vorn, verwehren ihr den Zugang. Sie hat das Gefühl, sie könnte in Abneigung ertrinken.

»Du siehst aber schön aus in deinen schicken Klamotten.«

»Sie sieht aus wie ein Filmstar, oder nicht, Mädels?«

Die Frauen warten darauf, dass Rosalind vorgibt, dankbar dafür zu sein, dass sie so tun, als würden sie ihr Komplimente machen. Aber sie haben ihr die Lippen mit ihrer Gemeinheit versiegelt. Mary wendet den Blick ab. Rosalind geht zu einem anderen Tisch.

Allein, weit entfernt von der Last der Blicke, tut sie so, als könnte ihr Fleisch von ihr abfallen und sie könnte auferstehen wie *Blodeuwedd*, die Seele in einem neuen Körper aus

Blumen, erschaffen aus Eiche, Ginster und Mädesüß. Heute bedeckt sie ihr Haar mit einem Schal, geht aus dem Dorf und betet, dass sie nicht gesehen wird. Am Bauhof greift sie nach dem Maschendrahtzaun, um nicht auszurutschen, und überquert da, wo das Wasser niedrig ist, den Graben. Sie verschwindet in einem Hain von Weißbirken, die wie gegabelte Blitze in der Erde stecken, und taucht erst wieder auf, als sie vom Dorf aus nicht mehr zu sehen ist.

Dies ist ein steiler Weg hinauf in den Frieden des Waldes, aber bei Weitem der schnellste. Rosalind hängt sich in die Steigung des Abhangs, stützt sich manchmal mit den Händen ab, ihre Augen tränen, ihr Gesicht brennt im schneidenden, kalten Wind. Nach etwa einer Stunde erreicht sie den Wald und lässt den Schal auf ihre Schultern gleiten. Die dichte Wand aus Nadelbäumen verschluckt das Tosen des Windes, und im plötzlichen Nachlassen des Geräuschs rauschen ihre Ohren. Rosalind geht leichtfüßig zwischen den tief gefurchten Rindenpfeilern hindurch, darauf bedacht, keine Spuren zu hinterlassen. Der Wind zerrt an den Wipfeln der Bäume. Es liegt noch ein Fußmarsch von mindestens einer weiteren Stunde zwischen ihr und ihrer Ruine. Einer verfallenen Hütte. Vier einstürzende Steinmauern, Efeu, der sich am Mark ihrer Knochen gütlich tut. Das Dach ist eingestürzt, aber die Balken ruhen noch auf der Gebäudehülle.

Es ist auf dem Berg nicht die einzige Ruine dieser Art. Andere stehen hier verstreut, vergessen, aufgegeben vor langer Zeit. Zu Mauern aufgetürmte Steine, geschwärzte Feuerstellen, die nun ungeschützt den Elementen ausgesetzt sind, winzige Treibeschächte, Bergquellen und die Geister des alten Cwmcysgod: bevor die Menschen in die Tiefen des *Cwm* zogen, wo sie sich um die Kohlemine versammelten. Um langsam einen Berg aus dem Abraum der Zeche zu errichten.

Es gibt viel zu tun. Rosalind zieht an dem Efeu, schält Ranken von den Wänden. Über die Jahre hat sie Überzähliges aus dem Dorf mitgebracht, genug, um sich einen Unterschlupf zu bauen und sich warm zu halten, um ein Feuer zu machen, Wasser für Kaffee oder eine Dose Bohnen zu erhitzen. Ein Teil der Ruine ist vor dem Regen geschützt, und das Ganze ist ein Geheimnis. Die Steinplatten unter ihren Füßen sind fest, die Feuerstelle ist beinahe warm.

Als die Grubensirene ertönt – ohne Unterlass heult –, redet sie sich ein, es sei eine Täuschung der Luft und der Entfernung. Auf ihrem Weg dorthin werden Geräusche langsamer, dehnen sich in der Zeit. Trotzdem schaut sie auf ihre Uhr und sieht, dass es noch nicht Zeit für den Schichtwechsel der Männer ist. Die Sirene heult wegen eines Unfalls. Ein Echo von Senghenydd. In Cwmcysgod werden sich nun die Dorffabrik und die Läden leeren. Die Schulkinder werden ängstlich verstummen. Der Zechenhof wird sich mit betenden Menschen füllen. Und sie ist zu weit weg. Ihre Gebete können ihren Vater von hier aus nicht erreichen. Aber ihre Füße setzen sich in Bewegung, tragen sie zurück zu ihm. Durch braunen Farn hasten sie, und sie sieht zu, wie sie sich bewegen, als wären sie etwas von ihr Getrenntes. Ihre Seele zerspringt in Stücke, zerbricht an Baumrinde und kalten, toten Blättern. Sie muss schnell zu ihm gelangen, damit er ihr Gebet spüren kann.

Als sie endlich aus dem Wald auftaucht, schmerzt das Licht in Rosalinds Augen. Sie nimmt die steile Strecke hinunter nach Cwmcysgod, dreht die Füße seitwärts und hält sich an Grasbüscheln und Felsbrocken. Gegen ihren Willen stellt sie sich Dadis Sessel vor, leer vor dem Strahler mit den drei Heizstäben. Sie stolpert und stürzt. Tränen verschleiern ihre Augen, Stechginster zerkratzt ihre Beine. Sie rappelt sich wieder auf.

Bitte, Gott. Lass ihn am Leben sein.

Als sie die Straße erreicht, ist ihr Rock mit Schmutz und Blut bespritzt. Ein Auto kommt um die Kurve auf sie zu. Auf seiner Motorhaube spiegelt sich die tief stehende Wintersonne und blendet sie, ihre Pupillen schrumpfen auf Stecknadelgröße. Sie zieht sich den Schal über den Kopf. Rosalind will die Straße überqueren, aber das Auto kommt schnell näher. Sie wartet, um es vorüberzulassen. Das Auto hält neben ihr an. Eine Frau sitzt am Steuer, ein Mann mit einer Kamera auf dem Schoß auf dem Beifahrersitz. Die Frau kurbelt das Fenster herunter und fragt sie, ob es hier nach Cwmcysgod gehe. Im selben Moment steigt der Mann aus dem Wagen, stützt sich mit dem Ellbogen auf dem Dach ab und schießt das Foto von Rosalind Bone.

15 CATRIN

Es gab nicht nur dieses eine Bild von Rosalind. Da war noch eines, auf dem sie in den brodelnden Kessel des Zechenhofs hinabstarrte, wo Hunderte von Menschen, Miniaturen in Schwarz und Weiß, Platz machten für die Bahren, auf denen die Körper der Toten lagen. Catrin drehte an dem Rädchen am Gerät, um das Bild zu vergrößern, aber es wurde unscharf. Erneut las sie den Bericht und die Namen derjenigen, die ihr Leben verloren hatten, sah sich die Bilder an und fragte sich, welche Leiche seine war. Die ihres Großvaters.

Mam sprach nicht gerne über die Vergangenheit. Catrin wusste, dass er vor ihrer Geburt in der Grube umgekommen war. Man hatte sie mit zu dem Gedenkstein genommen, auf dem sein Name zusammen mit denen der anderen eingraviert war. Und auf dem Kaminsims stand ein Bild von der Hochzeit ihrer Großeltern: ernste Gesichter und Rosen im Knopfloch, wenig Frohsinn. Aber Mam und sie waren nicht die Einzigen, die einen Menschen in der Mine verloren hatten. Was Catrin schockierte, war, das alles gedruckt zu sehen, als Fakten, über die in der Presse und mit Fotos berichtet worden war, und das Datum auf dem Foto von Rosalind mit dem Todestag ihres Großvaters in Verbindung zu bringen. Zum ersten Mal hatte sie das Gefühl, dass auch sie jemanden verloren hatte. Ein Teil von ihr war ihr genommen worden. Wären andere nicht nachlässig gewesen, hätte sie einen Großvater gehabt.

Catrin holte den Artikel aus dem Drucker der Bibliothek und betrachtete erneut das Bild von Rosalind Bone. Es trug den Untertitel »Ein Dorf trauert«, aber Catrin fragte sich, ob nicht etwas daran unredlich war. Gedanken waren in einer Pose aufgegangen in einem Moment, in dem Rosalinds Gedanken allein ihrem toten Vater hätten gelten sollen. Das Bild erschien ihr nicht mehr schön, sondern hässlich und gekünstelt. Rosalind, die sich ein Tuch um den Kopf schlang, als spielte sie eine Rolle im Theater.

Das Wissen um den Kontext ließ in Catrin Scham darüber aufsteigen, von dem Bild verführt worden zu sein. Scham, Stunden damit verschwendet zu haben, es anzustarren und ihr eigenes Gesicht im Spiegel abzusuchen in der Hoffnung auf einen Nachhall von Rosalind Bone. Kein Wunder, dass Mam das Foto versteckt hatte.

Catrin faltete das Blatt rund um die Ränder des Fotos, riss es aus dem Artikel und warf es in den Papierkorb der Bibliothek.

Draußen trank sie den Tee aus ihrer Thermoskanne auf einer Bank und betrachtete Zigarettenstummel, die über die Pflastersteine zu ihren Füßen rollten, anstatt darüber nachzudenken, was sie herausgefunden hatte. Leute gingen an ihr vorbei, und Catrin analysierte ihre Körpersprache, versuchte Gesprächsfetzen von ihnen aufzuschnappen, spähte in ihre Einkaufstaschen, stellte Vermutungen über ihre Leben an. Was waren ihre hässlichen Geheimnisse? Schließlich holte sie ihr Notizbuch heraus und begann Skizzen zu machen: den Buckel eines alten Mannes, Müll, der den Rinnstein entlanggeweht wurde, die Farbpalette auf dem klebrig lolliverschmierten Gesicht eines kleinen Jungen. Alles, um sich von den Leichen in der Zeitung abzulenken.

16 MARY

Da Catrin den ganzen Tag in Ponty sein würde, beschloss Mary, sich auf der Rückseite des Hauses aufzuhalten, abseits der Straße. Sollte jemand an die Tür klopfen, würde sie so tun, als hätte sie es nicht gehört. Ein Klopfen an der Tür konnte sie immer noch zusammenfahren lassen, ihr Herz eng werden lassen und es zum Hämmern bringen, weil danach sonst was passieren konnte. Selbst noch in der Hochstimmung unter dem Einfluss der Medikamente.

John Thomas, der Apotheker, lieferte Marys Tabletten jeden Monat zu ihr nach Hause, und Mary war dankbar, dass ihr dadurch der Weg zu seiner Apotheke erspart blieb, denn John Thomas liebte es, ein Publikum zu haben. Er hatte die Arzneiausgabe auf ein Podest einen halben Meter über dem Ladenboden gebaut. Von dort aus blickte er auf das Dorf hinab. Er hielt jede Packung in die Höhe und rief den Namen des Empfängers aus. Trat der Begünstigte vor, um den Segen der Medikamente zu empfangen, verkündete John Thomas mit gleichzeitig leiser und lauter Stimme das Leiden und wie oft die Medizin eingenommen werden sollte.

»Scheidenpilz!«, hatte er Mary einmal zugerufen. »Zweimal pro Tag eincremen.« Seitdem hatte sie Angst vor ihm.

Der Hinterhof war ein sicherer Ort. Mary nahm ihre Zigaretten und ihr Feuerzeug und ging zur hintersten Ecke, wo sie sich über die Mauer lehnte und dreißig Fuß hinunterblickte auf das müllübersäte Waldgestrüpp unter sich. Es war diese Mauer, die sie in ihrem Traum zu befestigen versucht hatte. Der Traum, in dem John Thomas Gott gespielt hatte. Mary zündete sich eine Zigarette an und trat gegen die Mauer, um ihre Festigkeit zu testen. Ihr kam eine Erinnerung: wie sie und ihre Schwester als Kinder durch den Feldstecher ihres Vaters auf den breiten Fluss geblickt hatten, der immer noch unter ihr zwischen den Bäumen hindurchfloss. Heute war er ein steiniges Rinnsal, aber nach heftigem Regen wurde daraus schnell ein drängender Wasserstrom, der in verzweifelter Flucht purzelnd aus dem Tal stürzte. Dahinter erhob sich steil und gleichmäßig der Berg bis an den Horizont, Nebel blich das verbliebene Gras zur Farbe von Spülwasser aus. Was war es, das da auf sie zukam? Denn etwas war da. Etwas so kalt und dunkel wie die Wahrheit.

Mary drückte ihren Zigarettenstummel auf dem Boden aus und ging wieder hinein.

17 ROSALIND

Sie steht vor ihnen allen in der Fabrikhalle und zieht ein Messer aus ihrem Ärmel. Sie sehen zu. Die Maschinen verstummen. Sie zieht die Klinge flach auf sich zu, um ihre Haut vom Fleisch zu lösen. Sie beginnt am Hals und arbeitet sich nach unten vor, schält sich wie einen Apfel, immer im Kreis in langen Streifen. Zuletzt zieht sie die Sohlen ihrer Füße ab und steigt hinaus, erst mit dem einen, dann mit dem anderen Fuß, als würde sie aus Strümpfen schlüpfen. Die Menge blickt auf ihr Gesicht, wo ihre Schönheit unversehrt ist. Sie starren und warten. Rosalind blickt auf die Uhr an der Fabrikwand. Aber der Sekundenzeiger hängt, jedes Mal, wenn er ein Stück vorrücken will, stockt er; die Zeit steht still. Leiser Beifall setzt ein. Andere stimmen ein, bis sie alle zu einem rhythmischen Puls vereint sind. Der Rhythmus treibt den Uhrzeiger weiter, und die Zeit schreitet wieder voran. Rosalind begreift, dass sie ihr Werk vollenden muss. Sie zieht entlang ihres Kiefers einen Schnitt und drückt die Messerspitze nach oben zwischen Haut und Sehnen, schält, zieht, bis ihr Gesicht entfernt ist, die Haut über ihr langes, glänzendes Haar zurückgeschlagen. Die Fabrikarbeiter verfolgen mit angehaltenem Atem das Schauspiel des Schreckens, Hände werden auf lächelnde Münder gedrückt, und Augen leuchten. Die letzte Aufgabe besteht darin, sich selbst ganz von sich zu entfernen, an den letzten Verbindungen zwischen Fleisch und Knochen zu zerren. Das tut sie, lässt Gesicht, Kopfhaut und Haare zu ihren Füßen zu Boden fallen. Jemand kreischt vor Freude auf. Rosalind verspürt Hoffnung. Endlich hat sie es ihnen recht gemacht. Selbstaufgabe war alles, was nötig war. Die Gesichter um sie herum sind offen und warm und beratschlagen über ihre Wiederaufnahme in die Gesellschaft. Doch ihre Haut beginnt neu zu wachsen, ihr Gesicht ist schöner denn je. Sie schreien, sie habe sie betrogen, sie habe die ganze Zeit gewusst, dass ihre Schönheit wiederkehren würde. Das Mädchen deutet auf die rohen Muskeln und Sehnen ihres Körpers, auf das Blut, das an ihren Schenkeln und Waden herabtropft, aber für die Menge ist das nicht Buße genug. Sie jagen sie aus der Fabrik auf die Straßen. Kinder stürzen aus ihren Häusern und lachen über ihre Nacktheit. Dai Bevel steht hinter seinem Gartentor. Er lächelt, denn er war es, der ihr als Erster die Haut abgezogen hat.

18 DIE HEXE

Ein kaltes, schnelles Anfluten von Licht.

Eine Pflegerin berührt ihren Arm. Rosalind Bone zuckt zurück. Sie spürt ihre nackte Kopfhaut auf dem Kissen, als hätte sie keine Haare.

»Sie ist wach. Ich rufe die Oberschwester«, sagt die Pflegerin.

Finger heben ihre Augenlider an und leuchten mit einer Lampe tief ins Auge.

»Können Sie uns Ihren Namen sagen?«

»Glauben Sie, Sie könnten die Augen für uns öffnen? So ist es gut, Liebes.«

Sie macht es ihnen recht. Das Bett bewegt sich und hebt sie in eine sitzende Position.

Ein junges Mädchen sitzt auf einem Stuhl neben dem Bett. Ihr dunkles Haar fällt ihr in gewellten und gelockten Strähnen auf die Schultern. Sie hat einen Bleistift und Papier in der Hand, sieht müde und nervös aus.

»Wir bringen Ihnen gleich eine schöne Tasse Tee.«

Das Mädchen auf dem Stuhl beugt sich ein wenig vor. »Ich bin Catrin von vor dem Pound Emporium. Ich habe den Krankenwagen gerufen.«

»Sie ist immer noch dabei, zu sich zu kommen«, sagt die Pflegerin und sieht das Mädchen stirnrunzelnd an.

»Soll ich an einem anderen Tag wiederkommen?«

»Ja, lass ihr ein bisschen Zeit.«

Das Mädchen wirkt erleichtert. Sie sammelt ihre Habseligkeiten ein und geht.

19 MARY

Die Männer trugen ihren Vater auf einem Brett nach Hause, ihre Gesichter und Hände waren dick mit Kohlenstaub bedeckt. Sie und ihre Mutter gingen hinterher. Mary erinnerte sich noch, wie die Arme der Männer unter dem Gewicht zitterten, als wäre sein Körper noch schwer von Leben, obwohl sie genau wusste, dass er es nicht war. Falls Menschen weinten, hörte Mary sie nicht. Sie konnte sich an überhaupt kein Geräusch erinnern. Keine Stiefel auf dem Asphalt. Kein Atmen. Aber ihr Mund war voller Kohlenstaub, und sie wollte ihn ausspucken, aber sie würde es nicht vor den Männern tun.

Rosalind stand auf der Straße, nur wenige Meter von ihrer Haustür entfernt. Wo um alles in der Welt war sie nur gewesen? Mary öffnete die Tür, und die Männer gingen mit ihrem Vater hindurch. Ihre Mutter ging nach oben, um ein Laken zu holen, und als die Männer ihn darauf ablegten, setze sich ihre Mutter in den kleinen Ohrensessel und weinte. Rosalind ging mit der Teekanne und Tassen herum, und niemand sprach, außer um auf das Angebot von Milch und Zucker Ja oder Nein zu sagen. Aber Mary sah, wie die Augen der Männer Rosalind durch den Raum folgten. Sie konnten nicht anders.

Nachdem die Männer fort waren und der Bestatter da gewesen war, um ihren Vater abzuholen, saß Mam am Küchentisch und starrte ins Leere. Rosalinds Hände steckten im Waschbecken, sie spülte Tassen. Niemand vermochte den leeren Sessel ihres Vaters anzuschauen.

Am nächsten Morgen ging Mary zu Mrs Williams' Laden, um für diejenigen, die vorbeikommen und ihr Beileid bekunden würden, Teebeutel und Kuchen zu kaufen. Sie hatte ihren Kopf nicht beieinander und zauderte über der Frage, welche Sorte von Mr Kipling sie kaufen sollte, als Mrs Williams vor Ungeduld aufschnaufte. Mary ergriff, was am nächsten stand, und ging zur Kasse. Mrs Williams nahm das Geld mit geschürzten Lippen entgegen und schob den *Argus* über den Tresen, aufgeschlagen, sodass Mary es sofort sehen konnte. Ihr langer, schuppiger Finger deutete auf ein Bild.

»Nicht einmal ich hätte gedacht, dass sie so weit gehen würde«, zischte Mrs Williams und schnalzte mit der Zunge, als ob Mary durch Sippenhaft mitschuldig wäre. »Und euer armer Vater liegt tot ein paar Meter daneben.«

Mary schnappte ihre Sachen, ließ die Ausgabe des *Argus* mitgehen und floh. Während sie die Straße entlanglief, hatte sie das Gefühl, die Blicke von Cwmcysgod würden ihr folgen. Vorhänge, die eine oder zwei Nasenlängen zurückgezogen wurden. Frauen, die niemanden verloren hatten, atmeten scharf ein, gaben einen Kommentar ab, wandten ihr den Rücken zu, taten so, als hätten sie sie nicht gesehen. Kein Mitleid. Kein tröstendes Wort zum Verlust ihres Vaters.

Als sie zu Hause war, kochte Mary ihnen allen Tee, behielt aber die Sache mit dem *Argus* für sich. Sie ging nach oben ins Bad und schloss die Tür ab. Als sie allein war, schnitt sie den Artikel mit einer Nagelschere aus und steckte ihn in einen Umschlag. Einen braunen. Wie jeder sie zu Hause hat. Sie gab der Lasche Zeit zu trocknen und ging dann hinunter in den Flur und klapperte mit dem Briefschlitz, um so zu tun, als hätte jemand den Umschlag von draußen eingeworfen.

Sie sorgte dafür, dass ihre Mutter ihn fand und mit zum Küchentisch nahm, wo Rosalind saß und in ihre Tasse mit kaltem Tee starrte. Mary verließ das Zimmer, ging hinaus in den Hinterhof, schloss die Tür hinter sich. Sie hörte kein Theater. Hörte kein Wort.

Irgendwann an diesem Abend machte sich Rosalind davon. Untypisch für Cwmcysgod war, dass niemand sie gehen sah.

Es gab für ihren Vater keine Trauerfeier. Mam konnte den Gedanken daran nicht ertragen – den Klatsch genauso wenig wie die Trauer. Aber die Frauen des Dorfes kamen in nickenden und kopfschüttelnden Zweierpaaren uneingeladen vorbei, um sich neben Mam zu setzen und sich in ihrem Wohnzimmer umzusehen.

Im Tal nahm das Gerücht Fahrt auf, Rosalind Bone versuche ihr Glück in London. Als Fotomodell. Mary konnte um keine Ecke biegen, ohne einen Satz über ihre Schwester aufzuschnappen.

»… Na ja, sie ist eben der Typ, der gern im Mittelpunkt steht.«

»Ich meine … überhaupt kein Schamgefühl.«

»Und das, wo ihr Vater unter der Erde liegt.«

»Es ist ganz und gar kein Verlust für das Dorf.«

»Das beweist doch nur …«

»Schönheit ist eben nur etwas Oberflächliches.«

20 DIE HEXE

Die Pflegerinnen schwingen ihr die Beine über die Bettkante und führen sie durch die Station.

»Zeit für ein kleines Geschäft«, sagt die blonde Krankenschwester.

Unter dem Krankenhauskittel streicht Luft über Rosalinds nackte Haut. Ihre Füße stecken gepolstert in weichen, sauberen Socken.

Sie heben ihr den Kittel hoch und helfen ihr vorsichtig auf die Toilette. Die Blonde zieht um die Frau die Vorhänge zu. Durch den Spalt zwischen dem unteren Rand des Vorhangs und dem Boden kann sie ihre Füße sehen. Weiße Schnürschuhe auf einem blauen, mit Diamanten gesprenkelten Boden. Sie klettert auf den Sitz, um dort in die Hocke zu gehen, wie sie es im Wald tut. Sie hat seit vielen Jahren nicht mehr auf einem Toilettensitz gesessen.

»Sind Sie fertig?« Die Blonde steckt den Kopf durch den Vorhang. »Was in aller Welt machen Sie da oben? Sie können doch runterfallen.« Die Krankenschwester sieht sie an, als wäre sie soeben Zeugin einer unmoralischen Handlung geworden.

Die Frauen führen sie zu dem frisch gemachten Krankenhausbett zurück und decken sie zu. Rosalind Bone schließt die Augen, blendet den Lärm der Station aus, die Wagen und Tassen, die Stimmen und Telefone, und macht sich auf den Weg nach Hause.

Sie sieht das erste Licht in den Baumwipfeln, spürt, wie es auf ihre Arme herabrieselt. Um sie herum sind die Farne, die mit ihren sattgrünen Zungen an den Böschungen lecken. Die Äste über ihr halten Waldabfälle, längst abgefallene Blätter füllen die kahlen Kelche aus Zweigen. Sie bemerkt, dass die Eibe ihre Nadeln abwirft, ganze Zweige verliert, die anscheinend faulen. Es ist kühl in den Wäldern. Insekten krabbeln umher, wühlen sich durch die Blattabfälle, und Wolken von Mücken schweben summend als Einheiten zwischen den Bäumen hindurch. Sicherheit durch schiere Menge.

In den Tagen nachdem sie ihren Vater verloren hat und von zu Hause weggelaufen ist, hält nur der Wald sie fest. Ihre Augen hängen an den Ästen der Bäume, die sie so gut kennt. Sie sind der Beweis dafür, dass sie die Welt nicht ganz verlassen hat. Die Ruine im Wald, die sie zu ihrem Zufluchtsort gemacht hat, leistet ihr gute Dienste. Rosalind fürchtet sich nicht unter dem dunklen, brüchigen Baldachin der Bergnacht. In den Wäldern ist sie sicher. Keine Blicke. Keine Bewertungen. Nur das Hervorbrechen des neuen, sprießenden Grüns, das Fallen der Blätter, der Lauf der Zeit. Tage werden länger und wieder kürzer. Jahre vergehen. Sie spricht im Flüsterton mit sich selbst.

Sie lebt von den Abfällen anderer, holt sie aus den Mülltonnen in den Seitenstraßen von Pentrebach auf der anderen Bergseite und plündert nach Einbruch der Dunkelheit die Müllhalden und Schrottplätze. Verbeulte Konservendosen, die als unverkäuflich eingestuft und in die Mülltonnen der Tante-Emma-Läden geworfen worden sind, landen in ihrer behelfsmäßigen Vorratskammer. Mit Fetzen von

Planen von den Feldrändern der Bauernhöfe flickt sie ihr Dach. Ihr Bett besteht aus Milchkisten, die sie nachts hinter der Schule geholt hat, immer zwei auf einmal. Die leeren Flaschen hat sie herausgenommen und zum Erstaunen des Milchmanns und des Schulleiters fein säuberlich aufgereiht.

Alle, die ein normales Leben leben, nehmen die Hinweise auf ihre Existenz nicht wahr. Oder sie reduzieren sie auf eigenartige Zufälle, denen sie nicht mehr Bedeutung zuschreiben als einer fehlenden Socke oder einem verlegten Schlüssel. Einmal wird sie von einem Jungen und einem Mädchen gesehen. Bei ihrem Anblick rennen sie weg, und Rosalind zieht tiefer in den Wald hinein, versteckt sich aus Furcht davor, dass andere ihnen folgen und sie finden könnten. Niemand kommt. Schließlich kehrt sie zu ihrem Unterschlupf zurück, und alles ist wie vorher: Eine Frau beobachtet ruhig, wie die Natur ihr Heim für sich reklamiert und sieht, wie die Zeit sich ihr Recht nimmt. Das Leben klammert sich an jeden Stein jeder Mauer, bis alles weich und grün geworden ist.

Wasser fließt, die Luft bewegt sich, und Rosalind lebt. Der Berg und der Wald wehren sich nicht gegen ihre Anwesenheit. Bieten ihrem Dasein keinen Einhalt. Im Wechsel der Jahreszeit sieht sie Tod und Wiedergeburt, und diese zelluläre Transformation ist ganz bedeutungslos und bedeutet zugleich alles, denn die Tage vergehen weiter.

Durch die Arbeit, die es bedeutet, sich warm zu halten und zu ernähren, werden Rosalinds Haut und Sehnen fest. Ihr Körper dient ihr allein. Er horcht auf ihr Kommando. Sie fühlt ihren Puls pochen, und ihre Haut spürt jedes Quäntchen Wärme und Kälte, Nässe und Trockenheit. Dann kommt die Erleuchtung: die Offenbarung, dass ihr

Körper ihr gehört. Nicht ihm. Ihre Seele nimmt vorsichtig Gliedmaßen, Oberkörper und Organe in Besitz, als wollte sie sie anprobieren.

Stundenlang liegt Rosalind auf dem Waldboden in der Stille und spürt, was es heißt, von sich selbst Besitz zu ergreifen. Ihr Blutdruck sinkt. In der Zeit tauchen Bruchlinien auf. Ihre Linearität geht verloren, und Rosalind stellt fest, dass sie kleine Dinge vorhersagen kann. Das Insekt, das wenige Augenblicke später auf ihrer Fingerspitze landet. Das nächste Blatt, das von einem Zweig fällt. Ist Gestalt formbar? Ist Materie durchlässig für ihren Willen? In der Abenddämmerung stellt sich Rosalind vor, dass sie mit den Sonnenfäden des Tages in den schwarzen Mantel der Nacht sticht und sie am nächsten Morgen wieder herauszieht, um einen neuen Tag anbrechen zu lassen.

Und all die Zeit über nimmt Rosalinds Schönheit zu. Sie wandert von der Oberfläche zur Seele, wo sie die Alleinherrschaft übernehmen könnte, wäre da nicht die Sünde des Menschen. Seine Sünde zuckt vor dem Feuer von Rosalinds wachsender Inbesitznahme ihrer selbst zurück. Sie tritt einen feigen Rückzug an, nimmt die Form von tausend winzigen Splittern an, die eine Frau mitten in der Nacht verwunden, sie von innen heraus angreifen können.

Im Krankenhaus wacht Rosalind auf. Diesmal setzt sie sich auf, schwingt selbst die Beine über die Bettkante und lässt sie baumeln. Als sie aufsteht, spürt sie, wie das Gewicht in ihre Füße fließt. Verlässlich. Ihre Kraft kehrt zurück.

»Sie ist aufgestanden!«, ruft die blonde Frau und eilt auf sie zu. »Wenn Sie das nächste Mal aufstehen wollen, drücken Sie da drauf.« Sie deutet mit dem Kinn auf einen roten Knopf. »Wir können nicht riskieren, dass Sie umfallen.«

Jeden Morgen ziehen die Schwestern sie an und setzen sie in den Sessel neben ihrem Bett. Nach dem Mittagessen führen sie Rosalind die Station auf und ab. Die Kleider, die sie trägt, sind nicht ihre eigenen. Das T-Shirt, die Strickjacke und die Jogginghose fühlen sich fremd an und riechen nach Seife. Gestern sind sie mit ihr für einen kurzen Spaziergang über das Krankenhausgelände nach draußen gegangen. Dort hat sie sich auf eine Bank gesetzt, die Sonne auf der Haut gespürt und nach einem Fluchtweg Ausschau gehalten. Sie lässt sie weiterhin in dem Glauben, sie sei schwach. Dabei besitzt sie eine Stärke, von der sie keine Vorstellung haben.

Heute denkt sie, sie würden wieder mit ihr spazieren gehen, doch sie wird Polizisten übergeben, die im Flur vor der Station warten.

»Diese Herren möchten gern mit Ihnen sprechen«, sagt die Krankenschwester zu ihr. »Ich bin da, ich warte hier draußen.«

Ihr Kopf wird leer vor Angst. Die Polizisten führen die Frau in einen kleinen Raum ohne Fenster und schließen die Tür. Es gibt kein natürliches Licht. Sie tut, was man ihr sagt. In einem solchen Raum wirken die Männer groß. Breite Schultern, wuchtige Beine, ausgestreckt vor ihren niedrigen Stühlen. Sie krallen sich mit ihren Fragen in die Luft. Sie erkennt Wörter, hat sich aber so tief in sich selbst zurückgezogen, dass sie sie nicht erreichen können.

Die blonde Krankenschwester betritt das Zimmer. »Haben Sie ihnen Ihren Namen gesagt, Liebes?«

Die Männer schütteln die Köpfe. Rosalind gestattet der Schwester, ihr den Mund zu öffnen und mit einem Stäbchen an der Innenseite ihrer Wange entlangzufahren. Die Polizisten stecken es in eine Tüte und gehen. Draußen auf dem Flur wartet ein männlicher Pfleger. Er möchte sie stützen und legt eine Hand unter ihren Ellbogen. Aber ihr Körper weiß, dass er sich der Berührung eines Mannes entziehen muss. Also geht der Pfleger lediglich neben ihr her und führt sie in einen begrünten Innenhof, die Hände ausgestreckt für den Fall, dass sie stürzt. Das Viereck des Himmels über ihr ist ihre einzige Flucht.

Der Pfleger bringt sie zurück ins Haus und ruft nach ein paar Frauen, die ihr in den Sessel neben dem Bett helfen. Als die Schwestern fort sind, steht Rosalind aus dem Sessel auf, steigt ins Bett und zieht sich die Decke über den Kopf. Unter der Decke, tief im Wald, flüstert sie dem Kind und der jungen Frau in sich etwas zu.

Als sie aufwacht, ist die Sonne gewandert und trifft in langen, schrägen Streifen auf die Wände. Das Mädchen Catrin sitzt wieder in dem Sessel neben dem Bett und zeichnet. Das Haar des Mädchens erinnert sie an früher.

»Ich habe Sie gezeichnet«, sagt das Mädchen. »Soll ich es Ihnen zeigen?«

Sie dreht das Buch um und zeigt Rosalind das Bild einer faltigen alten Frau.

21 DANIEL

Er hatte diese Nudeln mit Käse-Schinken-Geschmack verschlungen. Spät am gestrigen Abend hatte er den Inhalt der Packung in den Topf fallen lassen, das Beutelchen mit dem gelben Pulver und den rosa Kügelchen darüber ausgeschüttet und alles mit kochendem Wasser aus dem Wasserkocher übergossen. Bevor die Nudeln ganz weich geworden waren, hatte er sie sich bereits in den Mund gestopft und den Topf sauber gewischt. Danach war er wieder ins Bett gegangen, hatte aber immer noch nicht schlafen können. Er lag auf dem unteren Bett, blickte zu den Sprungfedern unter Shanes Matratze auf und hörte ihn schnarchen.

Er schnarchte auch jetzt noch. Er schlief, als wäre alles egal, als läge nicht ihretwegen jemand im Krankenhaus. Als wäre Brandstiftung immer noch der ultimative Spaß ohne Leidtragende.

Daniel stand auf, ging hinunter in die Küche und öffnete einen Schrank nach dem anderen. Eine halbe Schachtel Teebeutel und ein Glas mit verklumptem Soßengranulat. Würde er Shane wecken, würde dieser auf die Geldbüchse zeigen und etwas von Specksandwiches und Eiern grunzen. Er hatte sich immer um Daniel gekümmert. Sie waren eine Einheit. Und dann würde Daniel zum Pound Emporium gehen und das Nötigste besorgen, um ihnen beiden große Becher Tee und ein warmes Frühstück zu machen. Danach würden sie sich einen Joint drehen, und mit einem

Zug würde Shane jeden Gedanken an die alte Frau aus der Welt schaffen. Daniel sträubte sich gegen eine so einfache Auslöschung dessen, was sie getan hatten.

Er zog sich an und band sich die Turnschuhe. In der Essenskiste oben im Wald würde etwas Essbares sein. Das war es fast immer. Und auf diese Weise würde er nicht von Shane abhängen, sondern würde etwas von diesem Mistkerl Gallagher nehmen.

Auf der Straße zündete er sich eine Zigarette an und rauchte sie wie einen Schutzschild gegen die Welt. Eine zweite Zigarette steckte hinter seinem Ohr, es war eine Art Trost, sie zu berühren. Alles um ihn herum fühlte sich hart und kantig an: das Kind, das auf einem quietschend rostigen Trampolin hüpfte, die Frauen, die sich auf einer Mauer eine Tüte Chips teilten und sich die Finger ableckten. Sie alle sahen ihn an.

Clements, dieser verfluchte Abschaum.

Daniels Sichtfeld verengte sich vor Hunger. Rechts und links nahm er nichts wahr, nur geradeaus vor sich. Er musste unbedingt etwas essen. Gleich. Er legte sich vor dem Erdloch auf den Bauch und streckte seinen zitternden Arm bis zur Schulter hinein, um nach der harten Kiste zu tasten. Er zog sie an ihrem Griff heraus, nahm sie auf den Schoß und öffnete den Deckel. Egal, wie lange er hineinsah oder wie oft er den Kopf erst in die eine, dann in die andere Richtung drehte, um das Innere der Kiste in sein enger werdendes Sichtfeld zu holen, sie sah immer noch leer aus. Es war nichts darin. Nirgendwo war etwas. Keine Luft zum Atmen, kein Brustkorb, der sich heben konnte. Nichts.

Als Daniel wieder zu sich kam, lag er auf dem Rücken.

Er hatte das Bewusstsein verloren und keine Ahnung, ob es nur ein paar Sekunden oder minutenlang gedauert hatte. Er sah den Hang hinauf zu den dunkelgrünen Nadelbäumen in der Ferne. Sein einziger Gedanke war, so tief wie möglich in den Wald zu gehen. Die Reinheit dieses einzigen Verlangens verlieh ihm die Kraft, aufzustehen und sich in Bewegung zu setzen.

Daniel verließ den Pfad, auf dem er gekommen war, und kletterte bergauf. Schon bald erklomm er die riesigen, von Flechten bedeckten Felsen, die zwischen den Bäumen den Bergrücken durchbrachen. Äste wurden zu Griffen, die ihm das Vorankommen ermöglichten. Sein Körper hatte kein Gewicht mehr, und die Welt schien ihre Festigkeit und ihren Widerstand zu verlieren, sodass die Grenze zwischen ihm und seiner Umgebung verschmolz. Die übergangslosen Schichten aus grünem Laub und goldenem Licht im Wald besänftigten seine Augen, und seine volle Sehkraft kehrte zurück.

Beim Rauschen von Wasser, das tropfte und plätscherte und Felsen überspülte, lösten sich die Welt und er wieder voneinander, und die Materie nahm erneut ihre vertrauten Formen an. Daniel schöpfte mit den Händen Wasser aus einer der unzähligen Bergquellen und trank, schöpfte erneut, goss sich das kalte Wasser über den Nacken. Und dann blickte er auf die Nadelbäume hinab, die sich zahllos und winzig klein unter ihm erstreckten, und erinnerte sich nicht daran, dass er zwischen ihnen hindurchgegangen war und sie hinter sich gelassen hatte.

Etwas zog ihn an, es lag ein Stück entfernt zwischen den Bäumen. Als er es erreichte, umrundete er das Gebäude. Planen bildeten das seitlich abfallende Dach. Daniel bückte sich und trat ein. Seine Augen brauchten eine Weile, um sich an das schwache Licht zu gewöhnen und zu sehen, was sich in der Hütte befand. Der Boden aus Steinplatten war mit trockenem Laub bedeckt. Leere Konservendosen stapelten sich neben einer Feuerstelle, deren Stein vom Gebrauch geschwärzt war. Der Wind hatte Tannennadeln und ein wenig Erde hereingeweht. Andere Konservendosen waren platt gedrückt, ausgerollt und als Flicken an die Innenseite des Daches gelegt worden. An der gegenüberliegenden Wand stand eine alte Resopalkommode, vor Feuchtigkeit stellenweise aufgequollen. Daniel zog die Schubladen auf. Darin befanden sich ungeöffnete, verbeulte Dosen mit Suppe, Bohnen und Dosenfleisch. Ihm fiel sein Hunger wieder ein, und er sah sich nach einem Dosenöffner um.

Die Hälfte der Hütte war eine Art Schlafzimmer. Abgetrennt und mit Milchkisten ausgelegt, die ein Bett mit Matratze und Decken bildeten. An einem Nagel neben dem Bett hing eine Taschenlampe. Darunter stand eine Holzkiste mit Messern, Nägeln, einer rostigen Säge und einem Haufen leerer Batterien. Nichts, womit er eine Dose öffnen konnte. Er kehrte in den ersten Raum zurück und sah sofort den Dosenöffner, der über der Feuerstelle hing.

Es gab einen kleinen Holzstuhl, der so stand, dass man von ihm aus in den Wald hinausschauen konnte. Daniel setzte sich und öffnete das Dosenfleisch, während seine Fersen wie Bohrer auf den Steinboden hämmerten. Er hob den Klumpen rosa Formfleisch aus der Dose und biss hinein, obwohl er sich dafür hasste, das Leben der alten Frau zerstört zu haben und ihr Essen zu klauen, biss wieder und wieder zu, bis sein Verstand klar wurde und er begriff, dass sie ihn hierher gelockt hatte, damit er sich selbst in die Augen blickte. Sie hatte ihn mit ihrem Willen dazu gebracht. Die alte Frau, die er für eine Hexe gehalten hatte, als er mit Catrin in den Wald abgehauen war, die Frau, die jetzt verletzt in einem Krankenhausbett lag, zwang ihn, die Zufluchtsstätte kennenzulernen, die er ihr gestohlen hatte.

22 SHANE, DANIEL & BIVVO

Shane wuchtete seinen Hintern von Bivvos Auto hoch und knackte mit den Fingerknöcheln.

»Ich habe oben in meinem Zimmer was zu rauchen. Willst du?«

Daniel schüttelte den Kopf, also setzte sich Shane wieder auf die Kühlerhaube und warf seinem kleinen Bruder in regelmäßigen Abständen Seitenblicke zu.

»Du kommst mir ein bisschen komisch vor. Alles klar bei dir?«

Daniel nickte, doch innerlich fühlte er sich wie eine Zeichentrickfigur, die gerade einen Schritt von der Klippe gemacht hat und nun in der Luft stehend mit den Füßen strampelt, kurz vor dem unvermeidlichen Sturz.

»Lauf ein Stück mit mir«, sagte Shane.

Er führte seinen Bruder durch Nebenstraßen mit Reihenhäusern und war sich den ganzen Weg über bewusst, wie unbehaglich sich Daniel fühlte, er wollte nicht bei ihm sein.

Sie setzten sich auf eine Betonstufe am Fuß einer Rückwand und standen mit den Füßen zwischen leeren Dosen und Flaschen.

»Weißt du noch, wie irgendein Arschloch dieses klebrige schwarze Zeugs gegen Vandalismus hier drauf geschmiert hat?«, fragte Shane.

Daniel nickte.

»Wir haben einfach zerrissene Kartons auf die Farbe gelegt und uns hier trotzdem hingesetzt, was, Dan?«

»Haben wir, genau.«

»Das sind verdammte Snobs, die in diesen Häusern wohnen. Die denken, sie sind was Besseres als wir.«

Shane baute sich einen Joint und zündete ihn an, stieß zwischen seinen Zahnlücken Rauch aus. Er bot ihn Daniel an, der den Kopf schüttelte.

»Was stimmt verdammt noch mal nicht mit dir, Daniel?«

Da war es.

»Ich habe den Ort gefunden, wo sie gewohnt hat, die alte Frau oben auf dem Berg«, antwortete Daniel.

Shane hob eine Augenbraue und wandte sich ab, presste die Zähne aufeinander, seine Kiefermuskeln spannten sich an. Er blickte vor sich auf den Boden, die Ellbogen auf die Knie gestützt, ein Zeichen dafür, dass Daniel sprechen durfte.

»Es ist eine Hütte oben im Wald über dem Pound Emporium.«

Shanes Hände zitterten, und er begann tiefe, hastige Züge von dem Joint zu nehmen.

Stockte mitten in der Luft.

»Was, willst du uns jetzt ans Messer liefern?«, schnauzte er, nun verlor er die Kontrolle. »Oder die alte Schachtel vielleicht aus dem Krankenhaus abholen und bei ihr einziehen?«

Er fiel, fiel ab von Shane.

»Nein.«

»Dann ist ja gut. Weil du nämlich auch dabei warst, verfluchte Scheiße … als wir gezündelt haben. Ist doch nicht meine Schuld, dass irgendeine sonderliche Alte was abbekommen hat. Verdammter Kollateralschaden.«

Daniel hatte das Gefühl, dass sein Herz ihm die Rippen brechen würde, wenn Shane noch lange weiterredete. Er hatte seinen Bruder schon die Beherrschung verlieren sehen, allerdings noch nie ihm gegenüber.

Shane stand auf und schnippte seinen abgerauchten Stummel gegen die Wand.

»Also«, sagte er in die Luft, »er fühlt sich ein bisschen schuldig und glaubt, er wär besser als ich.«

Der Boden kam schnell näher.

»Jetzt bin ich dir nicht mehr gut genug, was? Du undankbarer Wichser.«

Klatsch!

In der Büchse, die Notfällen vorbehalten war, fand Shane einen bereits gerollten Joint und ein wenig Bargeld. Er steckte sich das Geld in die Tasche und den Joint hinters Ohr und zog sich mit zitternden Händen ein frisches T-Shirt an.

Dann stieg er allein zu der Bank über dem Tal hinauf, bestehend aus drei glatt gescheuerten Holzbalken, setzte sich rücklings darauf und blickte hinab. Da unten in der Mitte von allem sah man das eingestürzte Dach der Fabrik, in der sein Vater gearbeitet hatte.

Er hielt das Streichholz weit unten in der Handfläche, sodass es seine Haut kurz in Wärme tauchte, bevor der Joint Feuer fing und er ihn an die Lippen hob.

Der erste Zug war oberflächlich, damit stellte er nur sicher, dass er angezündet war. Beim zweiten hatte er sich schon gerollt und schmolz. Als das Heroin wirkte, lösten sich die Knoten in seinem Nacken und seinem Magen. Das Leben war flüssig und warm, und die weißen fluffigen Wolken zogen ihre Schweife über die Rücken der glücklichen Berge. Die Häuser unter ihm waren Luftballons, die in Reihen auf der Erde festgebunden waren und vor- und zurückschaukelten. Er konnte landen, er konnte schweben, er konnte sich wie eine Katze vor dem Kamin zusammenrollen, überall oder nirgendwo, es spielte wirklich keine Rolle. Alles existierte, und alles war egal.

Shane schloss fest die Augen.

Er blieb bis lange nach Einbruch der Dunkelheit auf der Bank. Dann erhellte der blauweiße Strahl von Bivvos Taschenlampe, der den Weg zu ihm heraufsprang, den nächtlichen Boden.

»Ich bin mir nicht sicher, was dieses Ding hier angeht«, rief Bivvo und leuchtete Shane mit der Taschenlampe an. »Was, wenn die Batterien bald leer sind? Und es ist echt dunkel. Vielleicht sollten wir so was tagsüber machen.«

Shane riss Bivvo die Taschenlampe aus der Hand und leuchtete ihm damit ins Gesicht. »Ich lege eine Spur aus Brotkrumen durch den Wald, okay?«

»Was?«

Niemand würde ihn davon abhalten. Niemand würde ihn von irgendetwas abhalten. Er würde das gesamte Tal in Flammen aufgehen lassen. Er würde zur verdammten Legende werden, und Daniel konnte zur Hölle fahren.

Als sie die Hütte der alten Frau endlich fanden, sah Bivvo so aus, als wollte er gleich weinen. Shane setzte sich auf den Holzstuhl neben der Tür, zog eine Dose Cider aus der Tasche und befahl Bivvo, in der Feuerstelle Feuer zu machen. Shane hielt die Dose fest zwischen den Knien und rollte sich einen Joint. Als das Feuer brannte, gab er Bivvo den restlichen Cider, den dieser hinunterstürzte. Er reichte Bivvo den Rest des Joints, höchstens noch drei Züge, lehnte sich zurück und sah zu, wie der ihn bis zu Ende rauchte. Schatten huschten über ihre vom Feuer erhellten Gesichter.

»Wollen wir's dann angehen?«, fragte Bivvo und zog eine Packung Speed heraus.

Beide nahmen es mit den Fingern auf und verrieben es gierig auf ihrem Zahnfleisch, bis nichts mehr übrig war. Dann trat Shane in Aktion und zog das Bettzeug aus dem anderen Bereich zur Feuerstelle. Bivvo überschüttete es mit Petroleum, und als Shane ihm nickend ein Zeichen gab, lenkte er das Feuer aus der Feuerstelle auf die Decken. Sie sahen zu, wie die blauen Flammen über den Boden krochen, bevor sie rückwärts aus der Hütte stoben, gefolgt von dichtem, stinkendem Rauch. Die Hitze lud ihre Klamotten statisch auf und ließ sie in der Dunkelheit Funken schlagen. Sie drehten sich um und liefen weg. Flammen brüllten durch die Lücken zwischen den Bäumen und jagten sie auf freies Gelände.

»Es kommt wirklich schnell.«

»Hör auf rumzuheulen, wir sind ja gleich weg.«

Sie stießen auf einen Wall aus Brombeergestrüpp, den sie beim Herkommen nicht gesehen hatten, und Shane begann daran zu zweifeln, dass sie in die richtige Richtung gelaufen waren.

»Wir gehen daran entlang, bis eine Lücke kommt«, sagte er zu Bivvo.

»Das geht nicht, schau dir doch das Feuer an.«

Shane stürzte sich in die hüfthohe Barrikade aus stacheligem, wirrem Geäst, aber es war ein langsames Vorankommen.

»Komm schon, Biv.«

»Wir schaffen es nicht.«

Aus dem Brombeergestrüpp heraus betraten sie unbekanntes Gelände. Shane zeigte auf eine Kette von bernsteinfarbenen Lichtern in der Ferne. »Pentrebach. Lass uns runtergehen und ein paar von den Jungs auftreiben.« Er hob die Arme gen Himmel, warf den Kopf zurück und johlte.

Shane Clements' Triumphgeheul war für jeden der Quadfahrer gut zu hören, die sich über den Berghang verteilt hatten. Die Scheinwerfer waren von Cwmcysgod und noch von weit her zu sehen, auf und ab tanzten sie auf der unebenen Oberfläche der Bergflanke, bis sie im Nachbartal verschwanden.

Auf dem Rastplatz unten in Pentrebach wurden die Schweinwerfer ausgestellt, Polizeifunkgeräte knisterten. Hunde schnüffelten an dem T-Shirt, das von der Mutter des Täters, Sharon Clements, freundlicherweise zur Verfügung gestellt worden war. Und stets in dem Bestreben zu gefallen zerrten die großen bösen Wölfe an ihren Ketten und zogen ihre Hundeführer auf der verzweifelten Suche nach der Fährte durch das Dickicht aufwärts.

23 CWMCYSGOD

Keine Stunde nach Tagesanbruch schritt Debbie Kelly an der Bushaltestelle auf und ab, biss sich auf die Zunge und sehnte sich nach dem Anblick eines anderen Menschen. Es gab so viel zu erzählen. Auf der anderen Straßenseite läutete eine Glocke, als die Ladentür des Tankstellenshops aufgeschoben wurde. Paul und Karen Rhys traten heraus, die Liebenden von Cwmcysgod, Leib und Glieder bekleidet, aber noch immer ineinander verschlungen, die Augen vom Morgensex betaut und verschleiert. Ohne Wahrnehmung für die Spuren irgendeines anderen Lebens außer dem eigenen. Die Frau an der Bushaltestelle reckte den Hals und winkte ihnen zu. Keine Reaktion. Das war doch geschmacklos, so übermäßig zu lieben. Unnötig. Das Paar küsste und streichelte sich weiter, denn es gibt keine wichtigere Botschaft als Liebe. Debbie Kelly begann an ihren Nägeln zu kauen, mit Lack und allem, sie konnte es nicht erwarten, die Geschichte vom Verderben zu erzählen.

Gwyn Bin saß hoch oben in der Kabine seines Müllwagens, hatte die Nebelscheinwerfer eingeschaltet und ratterte bergauf in Richtung der Frau an der Bushaltestelle. Die Frau trat auf die Straße und schwenkte die Arme, bis der Müllwagen hielt. Gwyn grummelte vor sich hin, denn Mülltonnen gibt es viele und Zeit nur wenig. Diese Frau mit ihrem vielen Getratsche war eine Bedrohung. Er zog die Handbremse an und kurbelte sein Fenster herunter.

»Alles in Ordnung?«

»Hast du's schon gehört?«, fragte sie schwer atmend und sank nun mit ihren Absätzen am Straßenrand ein. »Polizei, Feuerwehr, alle waren auf dem gesamten Berg verteilt. Sie haben gestern Abend diesen Shane Clements verhaftet.«

»Oh«, sagte der Müllmann nachdenklich und starrte in die Ferne, um nicht auf die Spucke am Kinn der Frau zu schauen. »Der ist ja schon vor langer Zeit auf die schiefe Bahn geraten ... Aber weißt du, es war sein Teddy, der mich auf die Idee mit der Teddyrettung gebracht hat.«

Gwyn Bin band die ausrangierten Stofftiere, die er im Müll fand, vorne an seinen Laster, ein Einsatz, der schon einige Bären mit einem neuen Kind aus dem Tal vereint hatte.

»Blau war er. Ich hab sein kleines Gesicht immer noch vor Augen.« Die Vergangenheit ist der Ort, an den man reist, wenn man in einem Müllwagen durch die Gegend rumpelt.

»Gerüchten zufolge hat ihn seine Mutter verpfiffen«, fügte Debbie hinzu.

Bald kamen neue Ohren von höherem Sozialstatus an der Bushaltestelle an. Sie wedelte Gwyn Bin fort und eilte am Straßenrand entlang zurück.

»Sie haben diesen Shane Clements erwischt!«, rief sie von Weitem. »Zwei von denen, er und sein Kumpel, haben im Wald Feuer gelegt.«

»Das wissen wir«, lautete die Antwort. »Feuerwehr, Polizei, alle da. Mrs Williams hat es uns erzählt. Sie hat seine Mam gestern in der Telefonzelle gesehen, als sie ihn verpfiffen hat, anonym sozusagen. Die arme Mrs Williams war sehr erschüttert, wirklich sehr erschüttert. Die Ärmste.«

»So was ist nicht schön für die alten Leute. Andere Generation, wissen Sie?«

Oben in Bryn Hyfryd sicherte Sharon Clements ihre Frisur mit Haarspray und bügelte ihre Sachen für den Auftritt vor Gericht. Daniel nahm die beiden Tassen mit zum Wasserhahn und spülte sie aus, kratzte mit den Fingerspitzen die Teeflecken ab.

»Ich sage ihm, dass du ihn so bald wie möglich besuchen kommst«, meinte sie.

Daniel hielt den Blick auf die braune Flutmarke auf der Innenseite der Tasse gerichtet. Die Flecken ließen sich nicht entfernen. Als die Haustür zufiel, trat er ans Fenster und beobachtete, wie sie in Bivvos Auto stieg, das an diesem Morgen von Bivvos Mutter gefahren wurde. Nicht einmal Shane konnte sich dieses Mal herausreden.

Die Fenster des Cafés waren an diesem Morgen beschlagen vom Kondenswasser der Gespräche. Die Älteren blieben lange vor einzelnen Tassen Tee sitzen und hechelten ein halbes Jahrhundert von Männern der Familie Clements durch, die auf die schiefe Bahn geraten waren. Es ist tröstlich, alles Unrecht eines Dorfes unter den Teppich einer einzigen Familie zu kehren.

»Also, sein Großvater saß ja damals im Knast.«

»Und dann gab es doch noch diesen Tom Clements, den Streikbrecher, wisst ihr noch?«

»Wer könnte das vergessen.«

»Und die Ironie dabei war, dass er der Erste war, der von der Fabrik entlassen wurde.«

»Böses Blut, lass dir das gesagt sein.«

»Und glaubt bloß nicht, dass der Kleine, Daniel, besser wäre.«

Der Cafébesitzer zeigt aus dem tropfenden Fenster.

»O mein Gott, schaut euch die da an …«

Die Männer schauten und lachten, als sie Mrs Williams Hals über Kopf am Café vorbeirennen sahen, wobei sich ihre Beine ihr Alter nicht anmerken ließen. Sie lief weiter, vorbei an der mit Brettern vernagelten Metzgerei und der schweigsamen Kapelle auf der Suche nach Daniel Clements. Im Laden hatte sie ein halbes Pfund Haschisch liegen, abgewogen, eingetütet und bereit zum Verkauf, und Shane, dieser kleine Scheißer, hatte sich einkassieren lassen. Wo steckte sein grottiger Nichtsnutz von einem Bruder?

Eine Jungs-Gang hielt rittlings auf ihren Fahrrädern sitzend mitten auf der Straße eine Konferenz ab. Ihre Mägen waren voll vom Frühstück, sie waren high vom Leben und vom Sprudel in den Colaflaschen, traten in die Pedale und fuhren als heillose Truppe aus dem Dorf. An der Trockenmauer warfen sie die Fahrräder beiseite und pflügten durch das verbrannte Dickicht den Berg hinauf.

»Hier haben sie Shane Clements zu Boden gerungen … und ihm Handschellen angelegt.«

»Es brauchte zehn Polizisten, um ihn kleinzukriegen.«

»Wer hat die Streichhölzer?«

Zum Entsetzen einiger von ihnen zog Jack Thomas, der Sohn von John, dem Dorfapotheker, eine halbe Schachtel Streichhölzer aus der Hosentasche. Aber sie scharten sich alle um ihn und erkannten an seinem stechenden Blick, dass sie den neuen König der Gassen vor sich hatten.

Nur im Wald war es an diesem Morgen still. Grau, windstill, ruhig. Asche rieselte zwischen säulenhaften, schwarz verbrannten Bäumen herab. Überdeckte jede Ritze und jede Spalte in lebendiger Baumrinde.

Zwei maskierte Brandinspektoren bahnten sich den Weg durch die schwere, trübe Luft, stiegen über die Glut des erloschenen Feuers hinweg, die Blicke gesenkt, die Taschenlampen eingeschaltet, suchend. Die Inspektoren kennzeichneten den betroffenen Bereich mit rot-weißem Absperrband. Dort war die Luft anstatt vom Geruch verkohlter Kiefern erfüllt von dem beißenden Geruch verbrannter, von Menschen hergestellter Dinge. Flüssiges Plastik glasierte den Boden in primärfarbenen Pfützen und schloss beim Erstarren Staub und Trümmerteile in sich ein.

24 MARY

Mary Bone konnte ihre Nachbarn im Hinterhof über Shane Clements reden hören. Sie stempelten ihn ab und steckten ihn lebenslang in eine Schublade, dabei war er erst achtzehn. Gebrandmarkt durch ein einziges Wort: kriminell.

Du wirst weichherzig, Mary. Weichherzig oder verrückt.

Sie trat gegen den Löwenzahn, der zwischen den Pflastersteinen wuchs, und sah zu, wie die Samen verweht wurden. Konnte Cwmcysgod jeden Menschen auf ein einziges Wort reduzieren? Wie würde ihr Wort lauten? Schnecke? Catrin wurde noch nicht in ein Wort gepresst, noch nicht.

Es war gestern Abend passiert. Catrin hatte ihr die Skizzen gezeigt, die sie im Miners' Hospital von der Landstreicherin gezeichnet hatte. Einige davon teilweise überkritzelt. Das hatte den Eindruck erweckt, als würden die Augen der Frau zwischen dicken Linien hindurchschauen, als wäre das Papier ihr Gefängnis. Es gab ein Bild, auf dem die Frau schlafend auf dem Rücken lag, die Haare verfilzt und verknotet wie schmutzige Schafswolle. Und ein anderes, auf dem ihre Kopfhaut frisch rasiert war, nachdem die Krankenschwestern ihr die Dreadlocks bis zu den Wurzeln abgeschnitten hatten. Mehr brauchte man nicht zu sehen.

»Hässlich« war das Wort, das sie benutzt hätte, um die Landstreicherin zu brandmarken. Mary hatte das Gefühl, als läge ein Gewicht auf ihrem Brustkorb und ihrem Magen, sodass ihr das Atmen schwerfiel. Das war es, was ein einziges Wort ausrichten konnte. Es konnte eine Frau in ein Gefängnis sperren.

Als Catrin außer Hörweite war, hatte Mary bei der Polizei angerufen und leise in den Hörer gesprochen. Sie wollte eine Unterredung allein mit der Beamtin vereinbaren, aber die Polizistin bat darum, auch Catrin dabeizuhaben, da sie die alte Frau am besten kenne. Mary fiel kein plausibler Grund ein, das abzulehnen.

Sie wartete auf das Klopfen an der Tür und begann an ihrem eigenen Verstand zu zweifeln. Es ergab keinen Sinn. Hätte es das getan, hätte sie mit Catrin vielleicht darüber geredet, bevor die Polizei eintraf. Mary erprobte sogar einen Satz in ihrem Kopf, konnte sich aber nicht dazu durchringen, die Worte laut auszusprechen.

Die Beamtin legte ihre Mütze mitten auf den runden Küchentisch. Mary stand mit dem Rücken zu ihnen und machte der Polizistin so langsam ihren Kaffee, dass Catrin ungeduldig wurde und wissen wollte, was los war.

»Meine Güte, Mam«, sagte sie, »löffelst du Zuckerkörnchen für Zuckerkörnchen einzeln rein?«

Schließlich reichte Mary der Polizistin die Tasse und setzte sich zu den beiden an den Tisch.

Die Beamtin holte ein Polaroidfoto der alten Frau hervor. Mit einzelnen Haarbüscheln und Igelfrisur.

»Ist das die Frau?«

»Ja.« Mary bedeckte das Bild mit der Hand und schob es über den Tisch zurück.

»Haben Sie Fotos von Ihrer Schwester, Mrs Bone?«

»Was hat das denn damit zu tun?«, fragte Catrin und

verfolgte, wie ihre Mutter das Foto aus der Küchenschublade holte.

»Mam?«

Die Polizistin legte das Foto neben das von der alten Landstreicherin.

»Das Foto ist schon vor langer Zeit gemacht worden«, erläuterte Mary. »Auf der Rückseite ist ein Datumsstempel.«

Die Polizistin drehte das Foto um, studierte die Rückseite und schrieb eine Notiz in ihr Buch.

»Und das ist das einzige Foto, das Sie haben?«

Mary nickte.

»Wo lebt Ihre Schwester jetzt?«

»Ich weiß es nicht. Seitdem sie weggegangen ist, haben wir nichts mehr voneinander gehört.«

»Sie hatten überhaupt keinen Kontakt?«

Mary schüttelte den Kopf.

»Hat irgendjemand sie gesehen oder von ihr gehört, Familienangehörige, Freunde?«

»Nein.«

»Und haben Sie oder irgendjemand sonst sie damals als vermisst gemeldet?«

»Nein.«

»Familienstreitigkeiten?«

Mary stockte, dann nickte sie, ihr drehte sich der Magen um. Die Polizistin notierte sich einiges in ihrem Buch.

»Wir haben eine DNA-Probe von ihr. Würden Sie sich bereit erklären, ebenfalls eine Probe abzugeben, Mrs Bone? Es geht nur um einen Mundabstrich.«

Mary nickte.

»Wir werden Ihnen so bald wie möglich jemanden herschicken, der das für Sie erledigt. Ist es in Ordnung, wenn ich dieses Foto erst mal mitnehme? Ich kann mir eine Kopie machen und Ihnen das Original zurückbringen.«

Die Polizistin schlürfte hastig ihren Kaffee, griff nach ihrer Mütze und steckte das Foto in ihr Notizbuch.

»Vielen Dank, dass Sie sich die Zeit genommen haben.«

Catrin begleitete die Beamtin zur Haustür. Mary hatte sich unterdessen in der Küche eine weitere Zigarette angezündet und starrte auf den graublauen, tanzenden Rauch, der sich unter der Deckenlampe sammelte.

»Du glaubst, sie ist deine Schwester?«, fragte Catrin. »Mam, das ist unmöglich.«

Mary schloss die Augen.

»Wie?«

Mary sah ihre Tochter ausdruckslos an. »Was?«

»Ich habe in der Bibliothek nachgeforscht zu dem Foto, ich habe die Zeitung gelesen – ich weiß über den Unfall Bescheid, dass das Bild in der Zeitung war. Danach ist sie weggegangen, nicht wahr?«

Marys Tränen fielen auf den Tisch, winzige Salztropfen auf dem Linienmuster der Tischdecke.

Catrin legte die Arme um ihre Mutter. »Warum glaubst du, dass sie es ist, Mam?«

»Ich spüre es … Sie ist Rosalind. Ich habe alles falsch verstanden.«

25 DAI BEVEL

Der Laden von Mrs Williams war voll von schmierigen Klatschbasen, die miteinander wisperten, als wüssten sie über alles Bescheid, was zwischen Himmel und Erde geschah. Hühner, die um ein paar Körner herumpickten, und Mrs Williams mittendrin, heute allerdings besonders schlecht gelaunt.

Er drängte sich zum Tresen durch und übergab ihr seine Einkaufsliste.

»Ach, Silberbesteck wollen Sie also haben?«, gackerte eine der Hennen.

»Das Papier ist leer, Dai. Steht nichts drauf«, sagte Mrs Williams.

Dai Bevel entriss ihr das Stück Papier und drängte sich aus der Tür.

»Also, manche Leute«, grummelten die Frauen von Cwmcysgod. »Überhaupt keine Manieren.«

Draußen versuchte er sich unter seinem Regenmantel schwitzend daran zu erinnern, was er hatte besorgen wollen. Ja, das war es. Seine Füße schienen den Weg nach Hause von allein zu finden, aber als er wieder in seiner Küche stand, hatte er keinerlei Erinnerung mehr an den Ausflug. Dai Bevel holte eine Geleeform unter der Spüle hervor und malte sich aus, was sich damit herstellen ließe: rote, durchsichtige Götterspeise in Form eines Kaninchens. Zu kompliziert. Er räumte sie wieder weg. Rosa Waffelkekse und

Orangenbrause mussten genügen. Nachdem er sich beides aufgeschrieben hatte, kehrte Dai Bevel zum Laden zurück und stellte erfreut fest, dass er jetzt der einzige Kunde war.

Er wollte Mrs Williams gerade bitten, seine Bestellung holen zu gehen, als zwei Männer den Laden betraten und das Schild an der Tür auf »Geschlossen« drehten. Der erste war stämmig, sein Bauch quoll über den Bund der glänzenden blauen Hose. Der andere war ein riesiger Klotz von einem Mann, hatte einen goldenen Schneidezahn und eine Speckrolle im Nacken. Dai Bevels Mutter hatte ihm gesagt, dass man einem Mann mit einer Speckrolle im Nacken niemals trauen soll.

»Abmarsch, Opa«, sagte der Mann mit dem Goldzahn. Mit dicken Fingern stieß der Mann mit der glänzenden Hose Dai aus dem Laden und schloss die Tür ab.

Was sollte er jetzt tun? Nun hatte er keine Süßigkeiten für Rosalind, keinen öffentlich annehmbaren Vorwand, sie in sein Haus einzuladen. Sein Instinkt schrie es ihm zu: Rosalind war auf dem Weg zurück zu ihm. Er knöpfte seinen Mantelkragen auf und blieb eine Weile an eine Wand gelehnt stehen, um sich zu beruhigen.

*

Zu Hause trank Dai Bevel Wasser direkt aus dem Hahn in der Küche. Er zog seinen Mantel und die Strickjacke aus und ließ sich in seinen Chintz-Sessel fallen, wobei er sich fragte, warum ihm so heiß war. Nach einer Weile kam ihm eine Idee. Er ging hinauf in sein Schlafzimmer und trat dabei Dreck in den Treppenläufer. Dort steckte er den Kopf unters Bett und holte den Schuhkarton mit den Polaroids hervor. Auf den Bildern hatte er ihr Gesicht abschneiden müssen.

Er würde zum Laden an der Ecke gehen und rosa Waffelkekse und Orangenbrause kaufen, um Rosalind zu Hause willkommen zu heißen. Und er war sich sicher, dass Rosalind Bone nach Hause kommen würde. Er spürte es tief in seinen Knochen. Das war es bestimmt, worüber diese Hühner im Laden gegackert hatten. Sie waren auf ihre Schönheit immer neidisch gewesen. Hatten sie aus dem Dorf vertrieben, ja, das hatten sie. Die alten Hexen.

Jawohl, sobald er sich besser fühlte, würde er diese Liste schreiben.

26 MRS WILLIAMS

Die Männer bestanden darauf, Mrs Williams nach oben in ihre Wohnung zu eskortieren, in der sie herumstrichen, als wären sie hier zu Hause. Einer von ihnen öffnete ihre Sammlervitrine und begann, die kleinen Porzellanhündchen herauszunehmen, sie paarweise wieder hineinzustellen und unaussprechliche Handlungen ausführen zu lassen.

Warum hatte Mac seine rotgesichtigen Schwergewichte geschickt und war nicht selbst gekommen? Sie hatte gedacht, sie hätten eine besondere Beziehung, hatte gedacht, sie sei vor solchen Dingen gefeit. Er hätte sich mit ihr hinsetzen und die Geschichte bei einem Glas Old Navy besprechen sollen, anstatt ihr zwei Affen ins Wohnzimmer zu schicken. Einer von den beiden hatte ganz unverhüllt gefurzt. Und ihr danach zugezwinkert, als wäre er stolz darauf. Und so wie er aussah, dachte Mrs Williams, mochte ein Furz durchaus der Höhepunkt seiner Fähigkeiten sein.

Sie war sich nicht sicher, wie sie weiter vorgehen sollte. Die Affen hatten ihr bislang nicht die Achtung entgegengebracht, die einer kleinen alten Dame gebührte. Es waren keine Jungs aus dem Tal; sie konnte ihnen nicht damit drohen, dass sie ihre Mams anrufen würde. Sie schluckte hörbar und durchlebte ihre erste Hitzewallung seit dreißig Jahren.

»Also, Mrs DoubleYou, Sie haben da ein kleines Problem, stimmt's? Nämlich keinen Auslieferer mehr, jetzt, wo Ihr Junge Shane hinter Gittern sitzt.«

Mrs Williams versuchte es mit einem kleinen Lächeln.

»Aber wir beide« – er deutete mit dem Daumen auf sich und den anderen Affen – »sind hier, um zu helfen. Das Wichtigste zuerst, Schätzchen. Sie stehen da mit ein paar Scheinchen in der Kreide, und Mr Mac mag es, wenn die Dinge ausgeglichen sind. Da Sie es sind, sagt er, sollen Sie einfach zahlen, was Sie ihm schulden. Sagen wir fünf Riesen bis morgen, und er verliert darüber kein Wort mehr. Danach werden Kevin und ich uns hier ums Geschäft kümmern.«

»Oh.«

»Auf permanenter Basis sozusagen.«

»Aber ich habe schon einen Jungen in den Startlöchern stehen – Daniel, Shanes Bruder, der ist ein Goldstück.«

Der größere Mann schloss die Tür der Vitrine, bleckte die Zähne und kratzte sich am Hintern. Er und der Stämmige nickten einander zu.

»Ach, und Mr Mac lässt schön grüßen. Er sagt, Sie sollen Ihren Ruhestand genießen. Sie dürfen die Wohnung behalten. Und keine Sorge wegen Shane, unsere Jungs im Bau werden gut auf ihn aufpassen.«

»Wir finden allein raus, Mrs DoubleYou.«

Nachdem sie das Zuschlagen der Ladentür gehört hatte, folgte ihnen Mrs Williams die Treppe hinunter, wobei sie ihre Hühneraugen den ganzen Weg über schmerzten, und verriegelte die Tür. Auf ihrem Weg nach draußen hatten sich diese Flegel an den Kaugummis bedient. Hatten die Schachtel mit den Fruchtkaugummis komplett leer geräumt. Sie zog vor ihrer kleinen Tante-Emma-Laden-Welt die Jalousien herunter und sah sich um. In der zerknitterten, klebrigen Papiertüte in ihrer Jackentasche war noch ein Anisbonbon übrig. Sie betrachtete es, als wäre es ihr einziger Freund, steckte es in den Mund und lutschte.

Sie war so dämlich gewesen, zu glauben, dass ihre feuchte halbe Stunde Leidenschaft mit Taffia Mac damals 1952 etwas bedeutet hatte. All diese weihnachtlichen Fahrten nach Cardiff! Diese schmeichlerische, betrügerische Taffia-Kröte. Noch letztes Jahr erst hatte er sie sein »kleines walisisches Zuckerpüppchen« genannt. Männer: Shane, Daniel, Paul, Mac, ihr blöder toter Ehemann und alle anderen. Ein nichtsnutziger Haufen, alle miteinander. Das Einzige, worauf sie sich bei einem Mann verlassen konnte, war, dass er ihre Arglist unterschätzte.

Es war Gier, die sie fehlgeleitet hatte. Sie hatte das Ziel aus den Augen verloren. Sich von Geld korrumpieren lassen. Es schien nie wirklich genug Geld zu sein, um ihr ein Gefühl der Sicherheit zu geben. Und Mac zu bestehlen war harte Arbeit gewesen. Mehrheitlich hatte sie das Geld als »Vertriebskosten« deklariert, das sie entwendet hatte. Auf dem Papier war das Geld an Shane Clements gegangen. In Wirklichkeit steckte es in einer Plastiktüte, die mit Klebeband an der Rückseite der Vitrine oben befestigt war. Die, in der sich die sodomisierenden Porzellanhunde befanden. Vierzehntausendachthundertfünfzig Pfund.

Als Mrs Williams das Anisbobon zu Ende gelutscht hatte, fiel ihr Blick auf das *Saga Magazine* im Regal unter den Pornoheftchen, zwischen *Farmers Weekly* und *Knitting Alliance*. Da wusste sie, was sie zu tun hatte. Sie würde ihren Plan ein wenig früher umsetzen als gehofft und auch mit etwas weniger Geld, aber mit ein bisschen Glück würde sie den Löffel abgeben, bevor ihre Mittel erschöpft waren. Mrs Williams holte sich die Zeitschrift an den Tresen, setzte sich auf ihren Hocker und begann sie durchzublättern.

Ihr war klar, dass sie ihre endgültige Wahl nicht einkreisen oder aufschreiben durfte. Sie konnte keine Spuren hinterlassen. Mrs Williams wiederholte die Nummer, bis sie sie auswendig konnte, dann nahm sie Kleingeld aus der Kasse und ging nach draußen, um von der Telefonzelle aus ein paar Anrufe zu tätigen. Der erste galt Mickey Taxi, dessen Geheimnisse sie für genau diesen Zweck gehütet hatte. Eine Fahrt irgendwohin, jederzeit, ohne ein Wort darüber zu irgendjemandem – man konnte es kaum Erpressung nennen angesichts dessen, was er vor ihren Augen mit Enfys Hafs beiden Katzen angestellt hatte.

27 ROSALIND

Auf der Station geht es wegen des Frühstücks geschäftig zu. Rosalind Bone betritt ein Badezimmer und schließt die Tür ab. Sie betrachtet sich im Spiegel. Geschorenes graues Haar und Zahnlücken. Vielleicht kann sie so zurückkehren. Die schmerzende Sehnsucht nach ihrer Schwester wächst. Sie erinnert sich daran, wie sie beide kleine Kinder waren, die flüsternd ihre Spiele für den nächsten Tag ausheckten. Unter Marys Bettdecke redeten sie, bis die Luft warm und stickig war und sie die Decke zurückwerfen mussten, um nach der kalten, sauberen Luft zu schnappen, die durch die Fensterritzen von den Bergen hereinströmte. Der Schmerz wächst noch, wenn Rosalind an den ersten Tag ohne ihren Vater denkt. Als sie vom Treppenabsatz aus Mary beobachtete, die von innen mit dem Briefkastenschlitz klapperte und einen braunen Umschlag auf die dicke Kokosmatte legte.

*

Das Fenster über der Toilette steht offen. Rosalind schlüpft aus ihren Schuhen und lässt diese draußen zu Boden fallen. Zwängt sich durch das winzige Fenster in die Welt hinaus.

Sie würde gerne einen Moment den sonnenwarmen Boden unter ihren nackten Füßen spüren, aber sie muss sich beeilen. Sie nimmt ihre Schuhe und läuft am schattigen

Rand des Rasens entlang, bis sie die Grundstücksgrenze erreicht. Ohne sich darum zu kümmern, ob sie zerkratzt wird, drängt sich Rosalind in das Dickicht der Rhododendren und verschwindet. Sie atmet schwer. Atmet Straßenstaub ein. Er setzt sich auf ihrer Zunge fest. Brombeerranken schlängeln sich um ihre Füße und Knöchel, verhaken sich in ihren Kleidern, zerren an ihr und versuchen, ihre Flucht aufzuhalten. Sie bindet sich die Schuhe zu. Ganz in der Nähe, hinter den verkrüppelten Bäumen, fahren mit großer Geschwindigkeit Autos. Das hier ist nicht mehr als ein mit Bäumen bewachsener Randstreifen, zehn Meter breit. Der ausgefranste Saum der Schnellstraße auf ihrem Weg ins Zentrum von Wales.

Eine Ringeltaube löst sich aus den Wipfeln der Bäume und flattert in den offenen Himmel. Rosalind sorgt sich, weil sie bodengebunden, fußgebunden ist.

Sie ist von dem Randstreifen entkommen, ohne gesehen zu werden, und seit einem halben Tag zu Fuß unterwegs. Das Gelände vor ihr fällt zu einem steilen Flussufer ab. Die Schnellstraße wird auf Betonpfeilern über das Wasser geführt. Der Wasserstand im Fluss ist niedrig, das Wasser braun und kraftlos, hier und da sind Steine zu sehen. Es ist von einer Böschung voller Springkraut, Farngestrüpp und Bärenklau in sommerlich stattlicher Höhe umgeben. Sie drängt sich durch die grünen Blätter, beeilt sich auf ihrem Weg hinunter aus Angst, von einem vorüberfahrenden Auto aus gesehen zu werden. An den Stellen, wo ihre Haut die Blätter berührt hat, werfen sich Striemen auf. Sie reibt sich mit schnellen, hektischen Bewegungen die Arme, den Hals und das Gesicht. Unten am Wasser, unter der Brücke, fällt sie auf die Knie, Blasen bilden sich und breiten sich aus. Wenigstens ist das Wasser kühl. Sie lässt sich in den Fluss gleiten und schrammt sich die Knochen an scharfkantigen Steinen. Er ist nicht tief genug, um zu schwimmen, selbst wenn sie es könnte, aber die Kälte verschafft ihr eine gewisse Erleichterung. Sie krabbelt und taumelt zur anderen Seite, sucht sich Deckung und ruht sich aus.

In den frühen Morgenstunden, als die Betrunkenen eingeschlafen oder nach Hause getorkelt sind, geht Rosalind eine Seitengasse hinunter, hinter Secondhandläden und Schnellimbissen entlang. In einem weggeworfenen Spendensack findet sie einen Mantel und eine Tasche. Der Mantel ist kurz, aber dick. Bei der Tasche fehlt der Reißverschluss, aber sie genügt fürs Erste. Hinter einem Laden liegen mehrere Plastikpackungen mit den Sandwiches von gestern. Versiegelte Lebensmittel sind am besten, niemand hat sie vor ihr angefasst. Ein Mantel hier, eine Mahlzeit dort. Genug, um ihr den Heimweg zu erleichtern.

Sie wünschte, sie wäre unsichtbar und könnte ungesehen leben. Die Lichter des Dorfes sind nun nah.

28 MRS WILLIAMS

Mrs Williams nahm gemächlich ein Bad. Baden war inzwischen eine anspruchsvolle Aufgabe, vor allem das Hinein- und wieder Heraussteigen. Normalerweise machte sie sich nicht die Mühe, aber an diesem Abend wollte sie frisch und sauber sein. Nachdem sie sich die Haare gewaschen hatte, indem sie sich mit den Händen Badewasser über den Kopf schaufelte, bis die Seife herausgeflossen war, band sie sich der Wärme wegen einen frischen Schal um den Kopf und ließ sich in das milchige Wasser sinken. Wie die Flossen zweier kleiner Haie stachen ihre knubbeligen Knie daraus hervor.

Jede Staub- und Schmutzschicht in diesem Eckladen beinhaltete Teile ihres langen Lebens. Hier war sie Mädchen und Frau und untreue Ehefrau gewesen. Das Nikotin der Zigaretten ihres Mannes pappte noch immer an den Wänden des Wohnzimmers. Zwecklos, es jetzt noch wegzuputzen. Das war es, was sie immer gewollt hatte: Cwmcysgod zu verlassen und an einen besseren Ort zu gehen. Und es würde ein besserer Ort sein, da war sie sich fast sicher.

Als sie die Kraft aufgebracht hatte, sich in der Wanne aufzusetzen, zog sie den Stöpsel, packte die Griffe und hievte sich hinaus. So leicht sie auch war, es war harte Arbeit. Am Ende hatte es keine Rolle gespielt, dass Daniel Clements seine Haustür nicht aufmachen wollte. Selbst wenn er bereit gewesen wäre, seinen Bruder als ihren Vertriebsleiter zu ersetzen, es war zu spät. Taffia Mac hatte entschieden, dass ihre Zeit vorüber war. Mrs Williams hatte es hinter sich.

Zum Teufel mit ihm.

Mrs Williams trocknete sich ab, puderte sich die pergamentene Haut und zog ihre zweitbesten Kleider an. (Ihre besten waren in einen kleinen Koffer gepackt, zusammen mit vierzehntausendachthundertfünfzig Pfund in bar.) Sie schnürte sich ihre robusten Schuhe zu, die wegen ihrer Hühneraugen extrabreit waren, und schaute auf die Uhr. Gut in der Zeit.

Das Telefon läutete. Mrs Williams wusste, dass es nur ihr Neffe sein konnte. Paul war der Einzige, der sie anrief, meistens dann, wenn das Fräulein ohne Höschen schlief.

»Ja?«

»Alles in Ordnung bei dir, Tante Edna?«

»Verdammt großartig. Was willst du?«

»Ich wollte nur hören, ob du etwas brauchst.«

»Nein, nichts.«

»Bist du sicher, dass es dir gut geht? Du klingst …«

Mrs Williams tat das Undenkbare und wurde weich. »Paul …«

»Ja?«

Sie konnte sich nicht dazu überwinden, es auszusprechen.

»Ich komme morgen bei dir vorbei, Tante Edna, in Ordnung? *Nos da.*«

Mrs Williams legte den Hörer auf. *Nos da*, Paul *bach*. Für einen Moment verlor ihr Gesicht seine Boshaftigkeit. Was dachte sie da bloß? Paul würde sie nicht vermissen. Er hatte nur Zeit und Augen für das kleine Fräulein ohne Höschen.

Die restlichen Tütchen und Blöcke von Cannabisharz verstaute sie zwischen den alten Farben und Sprühdosen im Schrank unter der Treppe.

2.55 Uhr.

Das Dorf war ausgestorben, und die Fenster waren dunkel. Das Feuer musste langsam brennen, damit sie genug Zeit zum Verschwinden hatte, bevor jemand es bemerkte. Das war das Problem in einem Ort wie Cwmcysgod. Zu viel Fürsorge. »Oh, wo ist Mrs Williams?«, würde irgendein Trottel fragen, der glaubte, sich einmischen zu müssen, und sich dann in die Flammen stürzen, um sie zu retten. Ja, in diesem Dorf gab es ein paar eigenartige Gestalten. Wenn Hinter-Vorhängen-Hervorlugen eine olympische Disziplin wäre, würde dieses Dorf Gold holen. Aber sie waren ein ganz passabler Haufen. Auf ihre distanzlose Art und Weise. Im Grunde genommen war Mrs Williams sogar ein wenig betrübt, den Ort ihrer Geburt, ihrer Heirat und ihres baldigen Todes zu verlassen.

Sie zerknüllte die Seiten der unverkauften Zeitungen von gestern und stopfte sie in den schwarzen Kaminrost. Dann legte sie eine Spur aus Papier und Anzünder von innen nach außen bis an den Fuß der Treppe, bevor sie das Streichholz anstrich, um das Gebäude bis auf die Grundmauern niederzubrennen. Die alte Frau seufzte, nahm ihren Koffer und steckte sich ein Anisbonbon in den Mund.

Ein Hoch auf das Knistern und Fauchen eines langsam anschwellenden Feuers.

29 ROSALIND & DAI BEVEL

Einer von ihnen muss sterben, und sie ist es leid, dass es immer sie treffen soll.

Der Mond steht hart wie eine unreife Beere hoch über den Ruinen ihres Hauses in den Wäldern. Rosalind geht in der kalten Asche in die Hocke, fährt mit den Fingern hindurch und salbt ihr Haar, ihr Gesicht und ihre Hände mit dem, was von ihrem Allerheiligsten noch übrig ist. Ihre Haut und ihre Seele nehmen den Segen an. Sie wendet sich ab von dem, was einmal gewesen ist, und verfolgt ihre Fußspuren durch die verkohlten Bäume hindurch zurück, schlägt denselben Weg ein, den sie an dem Tag genommen hat, als ihr Vater starb.

Rosalind wählt mit großer Sorgfalt den Ort aus, an dem sie ihn töten wird. Außer Sichtweite der Straße am offenen Hang, wo sie in weiter Ferne sein Haus sehen kann, kleiner als ihre Fingerspitze. Zum Greifen nah.

Die Zeit ist reif.

Sie zieht die Schuhe aus, damit ihre nackten Füße den Boden berühren können, der noch warm ist vom Durchzug des Feuers. Ihre Fußsohlen sinken in die Erde ein und nähren sich von der mühelosen, wütenden Kraft des Berges. Sie sucht in sich nach der Sünde des Menschen, zerrt sie aus ihren Eingeweiden und schleudert sie zerberstend durch das Tal, schreit die Wut all ihrer Jahre hinaus.

Jetzt ist der Moment, in dem ihre Schönheit erst wirklich aufzulodern beginnt. Das unbefleckte Kind, die Schönheit aufkeimender Weiblichkeit brennen mit blendendem Ungestüm. Sie erheben sich mit der grausamen Heftigkeit der Erschlagenen. Die Schönheit davor ist nichts im Vergleich zu dieser, und doch wächst ihre Schönheit immer noch, mordet mit ihrem Licht die Dunkelheit. Steigt hoch auf. Wild. Nichts kann Rosalind Bone heute Nacht verwehrt werden.

Sie ist nicht allein. Andere erheben sich mit ihr. Aus allen Zeiten haben andere die sichtbar gewordene Schönheit gespürt, und sie sind gekommen. Die Seelen all der Kinder, die von der Hand eines bestimmten Menschen zerstört wurden.

Sie beobachten sein Haus. Sehen Licht aufflackern und erlöschen.

Vielleicht ist Rosalind eine Hexe. Die ihre Gestalt wechseln kann. Die den Berg hinunterhuschen kann, dorthin, wo er schlafend unter seiner getufteten rosa Bettdecke liegt. Mit den Polaroids gestohlener Kindheiten unter seinem Bett.

Sie hält die Stellung, wird sich nicht vom Fleck rühren bis zum Morgengrauen. Wird den Blick nicht von seinem Haus abwenden, bis er tot ist.

Er sitzt in seinem Sessel und wartet, hat die Socken ausgezogen, die fetten Zehen röten sich vor dem Heizstrahler. Er lässt die Frau von Essen auf Rädern das Tablett auf dem Tisch abstellen und scheucht sie dann eilig aus dem Haus.

»Ich kann noch ein bisschen bleiben, wenn Sie möchten, Mr Bevel? Sie sind heute mein letzter Kunde«, sagt sie.

Oben hat er die getuftete rosa Bettdecke glatt über die

klumpige Matratze gebreitet. Diese dicklichen, verschwitzten Frauen sind einsam. Möchten ein bisschen Bevel haben. Aber sie bekommen kein Stück von ihm, er spart sich für sie auf. Sie wird bald hier sein. Er kann es spüren.

Er knibbelt die Folie von dem Tablett und verschlingt Brathähnchen, Gemüse und Soße. Die Creme aus Himbeeren und Sahne ist als Nächstes dran, gleitet zuckrig und glänzend durch seine Kehle. Er drückt die Behälter in den Mülleimer in der Küche und kehrt in seinen Sessel zurück, um sich wieder die Zehen zu wärmen.

Es kommt niemand. Enttäuscht geht Dai Bevel die Treppe hinauf ins Bett.

Er träumt. Zuerst vom Berg und dann von vielfachen Mrs Williamses. Er betritt das Zimmer seiner Schwester. Er rennt zurück in sein eigenes Zimmer, sein Gesicht brennt von der Ohrfeige seiner Mutter.

Er läutet eine Glocke, und es kommen Kinder angerannt. Aus den Bergen und aus dem Dorf, aus den Gruben und den Läden, sie lassen ihren Nachtisch und die angebissenen Äpfel stehen und laufen auf die Straße. Alle kommen sie zu Dai. Mit Rattenschwänzchen und Locken, hüpfend, still oder schüchtern kommen sie im Gänsemarsch durch die Haustür und die Treppe herauf.

»Hallo«, sagt Dai und setzt sich in seinem Bett aufrecht hin.

Auch im Schlaf richtet er sich auf.

Das erste Kind versetzt ihm einen harten Schlag, die kleine Handfläche klatscht flach auf sein Ohr. Er bewegt sich im Schlaf und versucht, ihrem Schlag auszuweichen. Sie ist verblüffend stark. Sein Kopf schlägt heftig gegen die Wand, sowohl im Traum als auch außerhalb. Als er zurückprallt, tritt ein zweites Kind vor und greift an. Wieder knallt sein Kopf gegen die Wand neben dem Bett. Diesmal hört er seinen eigenen Schädel knacken. Zwei Kinder ziehen an seinen Beinen, zerren ihn mit sich, umgreifen seine Knöchel und schwingen ihn durch den Raum, als wöge er nichts, überhaupt nichts. Als ihre Hände seine Beine loslassen, kracht er gegen die Decke über dem Bett und sein Kopf beginnt zu bluten, nass läuft es über seine Wange. Oder ist das warmes Wasser? Im Schlaf kann er es nicht sagen. Die Kinder stehen Schlange und nähern sich abwechselnd. Mit Schlagstöcken und Holzbrettern dreschen sie auf ihn ein, eins nach dem anderen, bis sein Schädel zertrümmert ist.

Als Letzte kommt Rosalind Bone. Er sieht sie nicht. Er kann vor lauter Blut nichts sehen. Aber er spürt sie, stellt sie sich vor: klein und so hübsch. Sie ist nicht wie die anderen, das war sie nie, sie wird sich erbarmen.

Schönheit schreitet auf ihn zu in ihrem vollendeten Grauen.

Es ist ihr Schlag, der ihn tötet.

30 CATRIN

Das friedliche Vergessen, das sich ins Bewusstsein schleicht und dem Schlaf Raum verschafft, blieb Catrin in dieser Nacht verwehrt. Auf der vergeblichen Jagd nach Schlaf lag sie abwechselnd auf dem Rücken und starrte in die Dunkelheit oder warf sich von einer Seite zur anderen. Von überall drangen Gedanken in ihren Kopf und forderten Beachtung, Prüfung und Lösung. Der Absturz der Rosalind Bone, von der Schönheit zu der bedauernswerten, verwahrlosten Landstreicherin, die sie im Pound Emporium gefunden hatte, ließ sich in ihrem Kopf nicht zu einer greifbaren Wahrheit fügen. Fantasien über das Wie und Warum des Verfalls ihrer Tante zogen hinter Catrins fest geschlossenen Augen vorbei und hielten sie wach. Sie hatte schon andere Nächte wie diese erlebt, Nächte, in denen sie versucht hatte, in einer neuen Realität Vertrautes zu finden. In einer Realität, in der ihr zehnjähriges Ich Daniel nicht weinend allein auf dem Bauhof zurückgelassen hatte, an dem Tag, an dem sein Vater sich erhängt hatte. Einer Realität, in der sie nicht aufgehört hatte, an seine Tür zu klopfen und seine Freundin zu sein.

Im Morgengrauen, in dem die harten Kanten nächtlicher Sorgen normalerweise runder werden, wuchsen Catrins Ängste um das Wohlergehen ihrer Tante, allein, obdachlos und ohne Freunde. Voller Ungeduld, die Stunden zwischen vier Uhr dreißig und sieben verstreichen zu sehen, stieg sie aus dem Bett und griff darunter, holte Stapel von Papier, Skizzenbüchern und Notizblöcken hervor: alles, was sie je gezeichnet und aufbewahrt hatte. Sie blätterte alle durch, vor und zurück durch die Zeit, und fand keinen neuen Blickwinkel, durch den sie Daniel, Rosalind oder sich selbst verstehen konnte. Sie legte die Bücher weg, weil sie keine Zeit mit etwas verschwenden wollte, was keine Antwort bereithielt.

Sie hatte Hunger. Mit vollem Magen würde sie besser denken können. Catrin zog sich an und ging hinunter in die Küche, wo sie sich den Bauch mit Müsli und Milch vollschlug. Als sie sich danach wusch, ihr Haar hochband und sich schminkte, überkam sie plötzlich Ruhe. Sie dachte nur an die nächsten Schritte, die nötig waren, um aus dem Haus, durch die Straßen nach Bryn Hyfryd und vor die Tür von Daniel Clements zu gelangen. Sie kam an Mrs Williams' Eckladen vorbei, schwelend und schwarz. Das Dach hielt den Atem an, bevor es einstürzte und hinter den Feuerwehrleuten herquoll, die in alle Richtungen davonstoben. Catrin sah diese Dinge, aber sie waren nur von geringer Bedeutung, ihre Füße trugen sie weiter. Es war alles so einfach. Es gab kein Vorher oder Nachher mehr, Ursache und Wirkung von früher waren aufgehoben und rangen nicht mehr um ihre Aufmerksamkeit. Die Sache war entschieden. Sie ging zurück, um Daniel Clements abzuholen.

31 CWMCYSGOD

»Wir haben Mrs Williams doch erst gestern noch gesehen, stimmt's?«

»Schrecklich, so abzutreten. Die Ärmste.«

»Sie hat nicht die geringste Chance gehabt.«

»Wahrscheinlich hat der Rauch sie zuerst erwischt. Sie hat bestimmt nicht gelitten.«

»Ich glaube nicht, dass sie eine Leiche herausgetragen haben.«

»Vielleicht gibt es auch gar nichts rauszutragen.«

»*Aye*, Gott hab sie selig.«

»Was glaubst du, was hat es wohl verursacht?«

»Oder wer?«

»Nein, nicht mal diese Kerle würden so weit gehen.«

»Der eine sitzt doch ohnehin im Knast, oder?«

»Allerdings, weil er ein Haus angezündet hat.«

»Irgendeine leer stehende alte Hütte im Wald. Das hier ist ein bisschen was anderes, findest du nicht?«

»Heutzutage können sie feststellen, ob es Absicht war oder nicht.«

»Wie jetzt, Brandstiftung?«

»Ja, sie werden rausfinden, was es ausgelöst hat.«

»Oder wer.«

»Was stinkt hier so? Riecht nach Gras.«

»*Ych y fi*!«

»Tasse Tee?«

»*Aye*, lasst uns 'nen Tee im Café drüben trinken.«

Die Männer gingen hinüber zum Café, wo Joe Caff an der Tür stand und sie begrüßte.

»Schlimme Sache, Jungs.«

Joe Caff servierte den Tee, und alle hoben ihre Tassen, um auf Mrs Williams anzustoßen. Es entstand eine respektvolle Gesprächspause, bevor Maldwyn Davies sagte: »Arme Ritter für alle, Joe.«

Die Glocke bimmelte, als sich die Tür des Cafés erneut öffnete und die Ehefrauen hereinkamen.

»Es hat einen Mord gegeben, Jungs.«

Joe Caff verdrehte die Augen. »Also, Arme Ritter sollen es sein, ja, Mal?«

»Dai Bevel.«

»Was?«

»Da ist Absperrband, und die Polizei steht davor, und Polly hat gesehen, wie die Leiche rausgetragen wurde.«

»In 'nem Sack war die.«

Die Frauen schoben ihre Hintern auf die Bank der Sitznische neben den Männern.

»Aber wer hat gesagt, dass es Mord war?«

»Na, man schickt ja wohl kaum solche Leute mit weißen Anzügen und weißen Gummistiefeln rein, wenn jemand einen Schlaganfall hatte, oder?«

»Es waren zwei da, mit Kapuzen überm Kopf.«

»Und gefunden haben sie angeblich …«

»Nicht, Val, das ist zu schrecklich«, sagte Polly.

Aber Val konnte sich nicht zurückhalten.

»Wir haben gehört, dass sie in seinem Schlafzimmer Fotos von Kindern gefunden haben.«

Draußen auf der Straße heulte eine Sirene, dankbar für

die Ablenkung drehten sich alle Köpfe in der vergeblichen Hoffnung, den Neuigkeiten zu entgehen, die da auf sie losgelassen wurden. Joe Caff stürzte zum Fenster und spähte hinaus.

»Bullerei. Die fahren in Richtung Bryn Hyfryd. Keine große Überraschung.«

Die Männer schlugen schnell in dieselbe Kerbe. »Da geht's wahrscheinlich um Clements Junior, der jetzt auch einkassiert wird.«

»Ich habe es euch ja gesagt.«

»Hast du.«

»Es gibt gar kein passendes Wort für solchen Abschaum.«

Fotos von Kindern.

»Die arme Mrs Williams.«

»Und dabei war sie eine der wenigen, die diese Clements-Jungs nicht links liegen gelassen hat.«

»Oh, sieh mal, die armen Tröpfe. Da sind Paul von der Werkstatt und seine Frau.«

»Ihre einzigen Angehörigen.«

»Die reden mit der Feuerwehr.«

»Sie sehen am Boden zerstört aus.«

»Und das, wo die zwei so glücklich verliebt sind.«

Sie schüttelten die Köpfe und kippten sich den restlichen Tee durch die Schlünde in ihre Bäuche, wo er sich Übelkeit erregend wand.

Schweigen.

Wessen Kinder?

»Was für eine Nacht.«

»Man weiß nicht, was aus dieser Welt noch werden soll.«

»Furchtbar.«

Nicht meine Kinder. Bitte, nicht meine.

»Und das in Cwmcysgod. Wer hätte das gedacht!«

32 DANIEL

Es war seltsam gewesen, ohne Shane im Zimmer aufzuwachen. Festzustellen, dass er allein war. Ein eigenständiges Wesen, wo sie doch immer zu zweit gewesen waren. Daniel hatte sich selbst hauptsächlich in Bezug auf seinen älteren Bruder erfahren. Sein Gefühl für sich selbst als unabhängiger Mensch war unausgereift. In der Nacht hatte er im Dunkeln im unteren Bett gelegen und überlegt, wie er sich zu einer Person zusammensetzen könnte, aber er hatte keine Vorstellung davon, wer er sein könnte und wie die Teile zusammenpassen könnten. Das letzte Ich, das er gemocht hatte, war der Junge, der er vor dem Tod seines Vaters gewesen war. Das Ich, das er jetzt war, das er jeden Morgen in dem kleinen, verschmierten Badezimmerspiegel sah, war dasselbe, das auch ganz Cwmcysgod sah. Der kleine Junge konnte er nicht mehr sein, und der andere wollte er auch nicht sein.

Um kurz nach sieben hatte es an diesem Morgen an der Haustür geklopft, gefolgt von einem Pochen am Fenster. Seine Mutter und er hatten es ignoriert. Es war ohnehin niemand mit guten Absichten.

Noch früher hatte seine Mutter einer Nachbarin die Tür geöffnet, die mit der Nachricht vorbeigekommen war, dass der Eckladen in der Nacht in Flammen aufgegangen war. Daniel war auf halbem Weg die Treppe hinunter stehen geblieben, um zu lauschen. Die Schlussfolgerung lag auf der Hand: Dafür konnte nur Daniel verantwortlich sein, der genauso verdorben war wie der andere Clements-Bruder. Immerhin hatten er und Shane jedes zweite Feuer im Tal gelegt, warum also nicht auch dieses? Seine Mutter hatte der Nachbarin nichts geantwortet. Sie hatte bloß die Tür zugemacht und war ins Wohnzimmer gegangen, um die Vorhänge zuzuziehen. Wer auch immer es war, der danach an die Tür und das Fenster geklopft hatte, war mit geschlossenen Vorhängen konfrontiert worden, die ihn daran gehindert hatten, durch die Scheibe hindurch zu schnüffeln.

Sharon reichte Daniel einen Becher Tee und stützte sich in ihrer braunen Nylonkluft vom Pound Emporium auf die Armlehne des Sofas. Sie traute sich, den Saum des roten Vorhangs zurückzuziehen und durch das Muster des Tülls hindurch auf die Straße hinauszuschauen. Daniel schlürfte seinen Tee.

»Ist schon gut, geh einfach zur Arbeit«, sagte Daniel. Es würde keinen Unterschied machen, ob seine Mutter dabei war oder nicht. Sie würden bald hier sein, die Bullen. Würden die üblichen Verdächtigen verhaften kommen in ihren harten schwarzen Stiefeln.

»Mach uns keine Scherereien.«

»Zieh deine Turnschuhe an, Junge.«

Handflächen offen über den Kopf, zum Auto bugsiert werden.

Das Telefon klingelte, und seine Mutter nahm den Anruf an. »Nein, also wirklich«, sagte sie. »Ich würde nicht denken, dass sie weit kommt. Wo haben sie denn gesucht?«

Daniel ließ seinen Teebecher sinken und lauschte, bis Sharon auflegte. »Eine Patientin ist verschwunden, die alte Landstreicherin, Gott behüte«, erklärte sie und griff nach ihrer Handtasche.

Er verließ das Zimmer, ging in die Küche, damit sie nicht sah, wie er zitterte, wie ihm Tränen in die Augen stiegen.

»Ich bin dann weg!«, rief seine Mutter.

»Alles klar!«, antwortete er und grub die Fingernägel tief in seine Handflächen, damit seine Stimme fest blieb. Die Tür fiel zu, und er hörte die Absätze seiner Mutter auf dem betonierten Weg klackern. Daniel ließ sich zu Boden gleiten, den Rücken fest gegen die Küchenschränke gepresst. Erst Tränen, dann kam die unentrinnbare Scham darüber, dass die alte Frau seinetwegen ins Krankenhaus gekommen war, dass er ohne Erlaubnis ihr Zuhause betreten hatte, ihren Zufluchtsort, und Shane es niedergebrannt hatte. Sie war in den Wald zurückgekehrt, weil sie annahm, dort Schutz zu finden, in Sicherheit zu sein. Aber es gab keine Sicherheit. Sie hatten sie ihr genommen, und irgendwie musste er das wieder in Ordnung bringen.

Er band sich seine rissigen alten Turnschuhe zu, und um von den Nachbarn nicht mit Blicken gehäutet zu werden, verließ er das Haus durch die Hintertür, rennend, sprang über den Zaun, zitternd vor Angst, sie zu finden, vor Angst, sie nicht zu finden. Mit großen Schritten durchquerte er die Schlucht hinter Bryn Hyfryd und stieg dann bergauf durch die Ansammlung von Weißbirken, die wie Abfälle aus den Gärten von Cwmcysgod quollen.

Der Himmel hing tief und grau über ihm, eine dunkle Wolke verschlang die nächste, bis alles schwarz war und die Sonne verschwunden. Darunter stand Daniel klein auf dem verbrannten Berghang, verloren im Hässlichen, in der von ihm selbst verursachten Zerstörung. Der Wind pfiff zwischen Stoff und Haut hindurch, bis sich seine Rippen rau anfühlten vor Kälte. Als er daran vorbeiging, brach ein filigranes Stück verkohltes Gestrüpp ab und wirbelte auf, erfüllte die Luft. Er war erleichtert, als er endlich die Hänge weiter oben erreichte, das unverbrannte Gras oberhalb von Cwmcysgod.

Während er den Berg nach Spuren der alten Frau absuchte, hielt er weiter auf den Wald zu, die Zähne fest zusammengepresst vor Kälte, die Hände unter die Achseln geklemmt.

Als er den Körper sah, zog Daniel seine Hände heraus und begann zu rennen. Sein eigener Körper fühlte sich steif an, er konnte sich nicht so schnell bewegen, wie er wollte. Der Körper, der in der Entfernung klein aussah, wirkte reglos. Er lag als Silhouette auf dem gelbbraunen Gras, als wäre er eine von einem Raubvogel achtlos fallen gelassene Beute. Daniel wollte, dass der Körper sich rührte und zu erkennen gab, dass noch Leben in ihm steckte, aber er bewegte sich nicht. Als er den Körper schließlich erreichte, wusste er, dass sie es war. Daniel ergriff sie unter den Achseln und zog sie rückwärts auf seinen Schoß, legte ihr seine gewölbte Handfläche über Nase und Mund, um die Wärme oder Feuchtigkeit ihres Atems zu spüren. Ihr Körper war schlaff, reagierte nicht, ihre Füße und Beine waren nackt, dünne Haut, blau von Adern, der Kälte ausgesetzt. Mit seiner Brust versuchte er, ihren Rücken und ihre Flanken vor dem Wind zu schützen. Obwohl er nicht wusste, ob sie tot oder am Leben war, schloss er seine Hände um ihre, um sie zu wärmen, aber das ergab nur ein Knäuel aus lauter kalten Händen. Spürte er da, dass sich ihre Finger in seine Handfläche drückten? Sie war so kalt. Daniel zog seinen Kapuzenpulli aus, drehte ihn um und schob ihre Beine durch den Bund hinein. Er wickelte den doppelt gelegten Stoff der Kapuze um ihre Füße und den Rumpf des Kleidungsstücks um ihre Schienbeine. Zuletzt schob er seine und ihre Hände durch die Ärmelbündchen in die Ärmel.

»Es wird alles gut«, hörte er sich laut zu der alten Frau sagen, mit einer Stimme, die nicht ganz wie seine klang. »Sie werden schon sehen.«

Ihr grauer Kopf kullerte in seine Armbeuge, wie sie da hoch oben über Cwmcysgod saßen, Daniel zu verängstigt, um sie loszulassen. Sein Rücken kam ihm taub oder warm vor, was von beidem, konnte er nicht sagen, aber ihm war nicht mehr kalt. Der Wind brannte in seinen Augen und ließ sie tränen. Er presste sie fest zu, um die Tränen loszuwerden, aber sie tropften auf das Gesicht der Frau, und er konnte nur zusehen, wie sie über ihre Haut rannen. Daniel hielt die alte Frau noch fester und dachte an das Feuer, an das Zuhause, das sie sich tief im Wald gebaut hatte, und an das Unrecht, das er ihr in seiner Zerstörungslust angetan hatte. Seiner blöden, launischen Zerstörungslust, diesem Bedürfnis, Macht auszuüben, als wäre das sein Recht.

*

An der Schwelle des Lebens oder des Todes lockert die Zeit ihre Fesseln. Augenblicke dehnen sich aus, Tage ziehen sich zusammen, und unser Geist öffnet sich. Wir hören auf, Fragen zu stellen, und bilden Wissen aus. Daniel richtete seinen ganzen Willen auf das Leben der alten Frau in seinen Armen. Er allein verhinderte, dass ihr Geist durch den winzigen Spalt zwischen ihren Körpern entschlüpfte, sich forttragen ließ und mit allem fertig war. An diesem Warteplatz zwischen Leben und Tod fand Catrin Bone die beiden. Daniel hatte keine Wahrnehmung mehr außer von sich selbst und dem Lebewesen, das er so fest an sich gedrückt hielt. Erst als Catrin ihn ansprach, wurde er zurückgeholt in die Welt, in das Reich der Sinne, wo er alle drei wiederfand, sich, Catrin und die alte Frau, ineinander geschmiegt in dem langen gelben Gras, umtost vom Wind.

33 MARY

Cwmcysgod schnappte nach Luft, als es erfuhr, dass Rosalind Bone als Vagabundin in den Wäldern gelebt hatte. Und nicht etwa in Saus und Braus in London. Der Sommer hatte das Dorf auf den Kopf gestellt und von innen nach außen gekehrt, und die Leute waren froh, zu vernehmen, dass etwas Schlechtes sich in etwas Gutes verwandelt hatte in Form von Daniel Clements. Es war der Clements-Junge gewesen, der sie gefunden hatte, der Frau mit seiner eigenen Körperwärme das Leben gerettet hatte. So stand es im *Argus*. Wenn Daniel nicht gewesen wäre, wäre Rosalind Bone vielleicht tot.

Catrin hatte angeboten, mit ihr ins Krankenhaus zu fahren, als wäre sie die Mutter und Mary das Kind. Mary verwahrte sich dagegen. Andere hatten schon genug getan. Jetzt war Mary an der Reihe.

Die ihnen zugewiesene Sozialarbeiterin war sehr nett gewesen und hatte lächelnd auf dem Bürgersteig vor der Haustür neben ihrem Auto gewartet. Das Auto war rot, und die fünf Schritte bis dorthin erschienen Mary zunächst unüberwindlich, aber sie tat sie. Der nächste Moment, der bis in ihr Bewusstsein vordrang, war der, als sie sich anschnallte und durch das Autofenster zur Haustür zurückblickte. Der Gedanke, außerhalb des Hauses zu sein, kam ihr absurd, beinahe surreal vor. Der Wagen fuhr los und bog am Ende der Häuserreihe um die Ecke. Mary blickte auf das

Dorf, dann auf das Tal, die Hecken, das Gestrüpp und alles andere.

Am Tag zuvor hatte sich die Sozialarbeiterin mit Mary zusammengesetzt und war mit ihr genau durchgegangen, was geschehen würde, von dem Moment an, in dem sie das Haus verließen, bis zu ihrer Rückkehr. Jeder Schritt des Besuchs wurde einzeln durchgesprochen und geplant. Nach jeder Etappe hatte Mary die Chance, zu sagen, ob sie umkehren wollte. Der erste Umkehrpunkt war, wenn das Auto vor dem Krankenhaus parkte.

Als sie beim Miner's Hospital angekommen waren, blieb die Sozialarbeiterin ein paar Augenblicke angeschnallt sitzen, um Mary die Möglichkeit zu geben, Widerspruch gegen die nächsten Schritte einzulegen. Mary atmete langsam ein und aus, fünfmal. Der nächste Umkehrpunkt war im Krankenhausgebäude. Mary löste ihren Gurt und stieg aus dem Wagen. Im Krankenhaus kam es ihr warm vor, stickig, aber sie ging weiter. Je mehr sie sich dem Besucherzimmer näherten, desto stärker fühlte sie sich von ihrer Schwester angezogen, die dort sitzen und warten würde. Bald übernahm Mary die Führung und ging so schnell, dass die Sozialarbeiterin Mühe hatte, mit ihr Schritt zu halten.

Die letzten Meter rannte sie, als könnte Rosalind verschwinden, wenn sie nicht rechtzeitig bei ihr ankäme.

Sie blieben ein Stück voreinander stehen, sahen sich an, sie waren gleich groß. Mary war grobknochiger, Rosalind feingliedrig.

»Danke«, sagte Mary zu ihrer Schwester, ohne zu wissen warum.

Die Sozialarbeiterin deutete auf ein paar Stühle.

»Wollen Sie beide sich nicht setzen?« Sie selbst entfernte sich ein Stück und begann in einer Zeitschrift zu blättern, um den Eindruck zu erwecken, sie wäre gar nicht da.

Die Schwestern setzten sich auf zwei blaue Vinylstühle, beide vorne auf den äußersten Rand. Mary hielt den Atem an. Rosalind nahm Marys Hand.

Mary senkte den Kopf.

Ich habe dich verletzt.

»Atmen«, sagte Rosalind, und der Klang ihrer Stimme überbrückte den Raum und all die Jahre zwischen ihnen. Mary atmete aus und ließ ein wenig von all dem los, was sie seit dem Tag von Rosalinds Verschwinden festgehalten hatte.

»Die erste Regel im Leben, hat Dadi immer gesagt«, fuhr Rosalind fort.

Mary konnte ihrer Schwester nicht in die Augen sehen, das Gewicht ihres Verrats lastete auf ihr. Jetzt musste sie gestehen, was sie getan hatte. Den schlimmsten Teil von sich entblößen. Riskieren, dass sie damit diese kostbaren, neugeborenen Momente zwischen ihnen zerstörte. Mary spürte den Druck von Rosalinds Fingern, die Festigkeit, mit der sie ihre eigenen umfassten. Trotzdem schaffte sie es nicht zu sprechen. Sie hob langsam den Kopf und sah ihrer Schwester in die Augen. Und auf diese Weise offenbarte sie die Last, die sie so lange für sich behalten hatte.

»Ich habe gesehen, wie du den Umschlag für Mam hingelegt hast«, sagte Rosalind.

Mary kniff vor der Wahrheit fest die Augen zusammen, ließ aber die Hand ihrer Schwester nicht los.

»Ich schäme mich so, Rosa.«

»Keine von uns beiden sollte Scham kennen, Mary. Keine von uns.«

Rosalind streckte die Hand aus, um Mary die Tränen aus dem Gesicht zu wischen, und Mary ergriff auch die andere Hand ihrer Schwester, damit sie beide sicher in ihren Händen bergen konnte.

Licht durchströmte den Raum.

34 OHNE DEN WALD

Als kleiner Punkt auf Deck zwölf sonnt sich Mrs Eckladen-Williams hinter einer großen Sonnenbrille mit einem gestohlenen Hermès-Seidenschal um den Hals. Dieses neue Luxusleben schlägt die kalten Nächte mit Taffia Mac in Cardiff um Längen. Die ganzen Blödmänner, sollen sie doch alle miteinander zur Hölle fahren. Sie beugt sich in ihrem Liegestuhl nach vorn, wirft sich ein Anisbonbon in den Mund und seufzt, als sie sich an die verrückte Nacht erinnert, in der sie aus Cwmcysgod geflüchtet ist. Als Mickey Taxi sie endlich am Hafen absetzte, musste sie keine Gebrechlichkeit mehr vortäuschen, sie war wirklich todmüde. Die verdammten Stewards boten ihr sogar einen Rollstuhl an. Jetzt gerade kommt ein Steward auf sie zu. Reizender Junge. Er bringt ihr einen Sex on the Beach und eine Packung Erdnüsse. Geröstet. Etwas Nobles. Auf seine Kosten selbstverständlich. Sie hat ihn dabei ertappt, wie er in die Suppe gespuckt hat, und jetzt tut er alles, was sie von ihm verlangt, was auf alle Fälle hilfreich ist, wenn eine Frau ihre Ausgaben im Blick behalten muss.

Und so schaukelt und wippt die *Caribbean Queen* auf den sonnenbeglänzten Wogen und mit ihr ihre Fracht aus Vergnügungshungrigen, blau gewandeten Besatzungsmitgliedern und einer untergetauchten, für tot gehaltenen achtzigjährigen Drogendealerin.

Eine Busfahrt und zwei Zugfahrten von Cwmcysgod entfernt sitzt ein Pärchen an einem kälteren, bräunlicheren Meer auf einem winterlichen Kieselstrand und beobachtet, wie die Wellen gegen die zerklüfteten Felsen von Cold Knap schlagen. Möwen kauern auf dem Strand, die Flügel eng an den Körper gepresst, als würde der Wind sie mitreißen, wenn er auch nur eine abstehende Feder zu fassen bekäme. Das Pärchen blickt auf das schäumende braune Meer, das vom bogenförmigen Horizont aus heranrollt. Für Daniel, der noch nie das Meer gesehen hat, sieht das Wasser schwer und tief und lebendig aus.

Am Rand ihrer Welt fällt das Licht in breiten, Barcode-artigen Strahlen ein: intensiv, pfirsichfarben, verwässert von Wolkenschichten. Der Winter drückt Catrin und Daniel eng aneinander, ihre Körper sind warm, die Ohren eisig. Daniel schlingt den Arm um Catrins Schulter, und sie lässt ihn in der Vorstellung, er würde sie beschützen, sie vor etwas retten, obwohl sie beide wissen, dass sie sich gegenseitig retten.

Schließlich, unweigerlich, öffnet Catrin ihre Tasche und holt einen kleinen Block und einen Bleistift heraus. Immer noch an Daniel geschmiegt, beginnt sie die Frauen zu zeichnen, die hundert Meter weiter stehen und Steine ins Meer werfen. Ihre Mutter Mary und ihre Tante Rosalind Bone.

Rosalind findet sich gut wieder in das Leben in dem winzigen Reihenhaus ein. Die Neuheit einer Toilette mit Wasserspülung. Essen von einem Teller. Mams Würstchen mit Kartoffelbrei und Zwiebelsoße. Hausgemachter Apple Crumble. Handspülmittel. Heißes Wasser, wann immer man will. Endlos viele Tassen Tee und die Annehmlichkeiten eines warmen Bettes. Wenn Catrin zu Hause auszieht, um aufs College zu gehen, bekommt jede der beiden ihr eigenes Zimmer, aber bis dahin schlafen Rosalind und Mam zusammen, so wie sie es wohl als Kinder getan haben. Catrin kann durch die Wand hindurch keine einzelnen Worte ausmachen, aber sie hört ihre warmen Stimmen, wie sie bis in die Nacht hinein miteinander sprechen. Und Mam geht es jetzt gut; oft steigt sie mit Rosalind auf den Berg, geht über das frisch gesprossene Gras, das nach dem Feuer des letzten Sommers noch grüner ist. Sie setzen sich am Hang auf Kissen aus Farnkraut und reden oder auch nicht, während unter ihnen eine Miniaturwelt ihren Gang geht. Es gibt nichts, was eine Frau so sehr braucht wie eine Schwester.

Die Ereignisse des Sommers haben für die wiederkäuenden Mägen von Cwmcysgod reichlich Futter geboten. Doch Rosalinds Geschichte scheint die Leute am wenigsten zu interessieren. Schuldgefühle lassen verstummen. Einige, die sich noch an sie als sechzehnjährige Schönheit erinnern, sind entsetzt über das, was sie als ihren Niedergang betrachten. Frauen und Männer nicken ihr zu, wenn sie ihr auf der Straße begegnen, doch dann wenden sie schnell den Blick ab, suchen nach etwas, das sie von ihrer ehemaligen Gehässigkeit, Lüsternheit oder Eifersucht ablenkt und von der Rolle, die diese in Rosalinds Schicksal gespielt haben könnten. Es schlägt in Cwmcysgod kein Herz ohne Mitleid für Rosalind Bone, aber es ist auch nie so viel, als dass man es nicht ignorieren könnte. Die Striemen und Quaddeln, die Rosalinds Gesicht verunstaltet haben, sind abgeheilt und zu Narben verblasst. Ihr Haar ist dicht und grau nachgewachsen und bedeckt ihre Kopfhaut. Nach einigen behaglichen Monaten im Haus und mit gutem Essen ist sie nicht mehr Haut und Knochen, sondern eine Fettschicht hat sie weicher gemacht. Cwmcysgod hat sich entschieden, der Ansicht zu sein, dass Rosalind inzwischen so aussieht wie jede andere auch. Kein Anlass zur Sorge. Bloß eine weitere Frau mittleren Alters. Da gibt es nichts anzuschauen. Nichts zu sehen.

In Marys kleinem Reihenhaus liegt kein Foto von Rosalind Bone mehr in der Küchenschublade. Das Foto hängt gerahmt und hinter Glas stolz im Eingangsbereich. Daneben an der Wand das neu angefertigte Porträt zweier Schwestern, gezeichnet von der Tochter der einen. Ihre Wahrheit in Kohle, die Hoffnung und die Liebe und der Schmerz. Die Wochen vergehen, die Jahreszeiten wechseln, da bemerkt Catrin ein unerwartetes Aufblühen inmitten der Form aus Kohlestrichen. Etwas, das sie nicht gezeichnet hat. Es ist die grenzenlose Schönheit der sechzehnjährigen Rosalind Bone.

ANMERKUNG

In dem Bergwerk Universal Colliery in Senghenydd, Südwales, gab es zwei große Grubenunglücke. Das erste im Jahr 1901 tötete 81 Bergleute. Das zweite von 1913 bleibt das schlimmste in der Geschichte des Vereinigten Königreichs: 439 Männer und Jungen kamen ums Leben. Obwohl festgestellt wurde, dass die Minenbesitzer fahrlässig gehandelt hatten, mussten sie kaum mit Konsequenzen rechnen. Das Bergwerk blieb bis 1928 in Betrieb. Erst 1981 wurde ein Denkmal für die Opfer enthüllt. Im Jahr 2013 wurde all den Bergleuten, die in den Minen von Wales ihr Leben gelassen hatten, am alten Schachtkopf in Senghenydd ein Denkmal mit ihren Namen, ihrem Alter und ihrem Wohnort errichtet. Bilder von Auswirkungen und Folgen der Tragödie von 1913 sind in digitalisierter Form auf der Website der National Library of Wales zu finden.

DANKSAGUNG

Mein größter Dank gilt Alice Youell und dem Team von Transworld dafür, dass sie diesen Roman ins Leben gerufen haben. Ohne die wunderbare Felicity Blunt wäre dieses Buch ein Manuskript auf einem USB-Stick und ich verbittert und verdreht, also vielen Dank Felicity und dem Team von Curtis Brown, insbesondere Jack Hadley, Rosie Pierce und Jake Smith-Bosanquet für alles, was ihr jeden Tag tut.

Für die Ermutigung und Unterstützung bei der Niederschrift dieses Buches habe ich Curtis Brown Creative zu danken, insbesondere Lisa O'Donnell, die sich für mein Schreiben eingesetzt und sich immer Zeit für mich genommen hat. Dank an die September-Sippe für eure Unterstützung, eure Weisheit, euer Schreiben und eure Freundschaft weit über den September hinaus, insbesondere Loraine Peck und Charlie Tyler.

Ich bin mit Freunden gesegnet, die mich mit Essen und Wein am Leben erhalten und mich genötigt haben weiterzuschreiben. Besonderer Dank geht an Justine Goulding, Alan Goulding, Rebecca Jones, Eirian Rees, Branwen Gruffydd-Jones und Lloyd Robson.

Danke an meine Stieftochter Zizzy, die viele Jahre lang meine Texte gelesen und mir Mut zugesprochen hat, deine Unterstützung bedeutet mir so viel. Ewig dankbar bin ich meiner Tochter Manon, die es hoffentlich verkraftet hat, dass sie jedes Mal, wenn sie mich beim Schreiben angesprochen hat, mit Schweigen konfrontiert wurde. Danke, dass du mich nicht im Schlaf erwürgt hast.

Und zu guter Letzt meine Schwester Jenny, es gibt in diesem Buch eine Zeile, die nur dir gilt. Aber du musst es schon lesen, um sie zu finden.

Eine Art zu lesen
Eine Art zu fliegen

GOYA

Das Buch

Es gibt Gerüchte darüber, wohin Mary Bones Schwester damals verschwunden ist. Schon als Kind hat deren Schönheit den ganzen Ort in ihren Bann gezogen, war manchen ein Dorn im Auge, wirklich hinsehen wollte jedoch niemand. Aber im Dorf gibt es noch mehr Geschichten. Während Jugendliche aus Verzweiflung zu Brandstiftern werden, träumt ein dement werdender Mann von einem kleinen Mädchen, das er mal gekannt hat, und Marys Tochter, fasziniert von dem einen übrig gebliebenen Foto ihrer verschollenen Tante, möchte mehr über die Vergangenheit erfahren.

Ein zarter, fast märchenhafter und zugleich sprachgewaltiger Roman über die Verstrickungen innerhalb eines Dorfes, das Schicksal einer starken Frau und darüber, wie erdrückend ein einziges Wort sein kann.

Die Autorin

Alex McCarthy ist in Cardiff geboren und in South Wales aufgewachsen. Sie schloss ein Studium an der London Contemporary Dance School ab und arbeitete einige Jahre als Tänzerin und Choreografin bei Bühnenstücken, Film und Fernsehen, bevor sie sich ganz dem Schreiben widmete. *Die Schönheit der Rosalind Bone* ist ihr erster Roman und wird in mehrere Sprachen übersetzt. McCarthy lebt in Wales.

Die Übersetzerin

Silke Jellinghaus studierte Neuere Deutsche Literatur, Neuere Englische Literatur, Philosophie sowie Amerikanische Literaturgeschichte in Tübingen, New York und München. Nach mehreren Stationen in Buchverlagen, z. B. bei Rowohlt in Hamburg, arbeitet sie seit 2008 freiberuflich als Literaturübersetzerin, Autorin und Lektorin. Übersetzt hat sie unter anderem Werke von Jojo Moyes, Graham Norton und Olivia Manning.

Alex
McCarthy

Die Schönheit der Rosalind Bone

ROMAN

ÜBERSETZT VON SILKE JELLINGHAUS

GOYA

Die Originalausgabe erschien 2023 unter dem Titel
The Unbroken Beauty of Rosalind Bone
bei Doubleday, einem Imprint von Transworld Publishers, UK.

Das gleichnamige Hörbuch erscheint bei GOYALiT.
Dieses Buch ist auch als E-Book erhältlich.

Besuchen Sie uns im Internet: www.goyaverlag.de

Cyfnewidfa Lên Cymru
Wales Literature Exchange

Dieses Buch wurde veröffentlicht mit der
Unterstützung von Wales Literature Exchange.

Aus Verantwortung für die Umwelt hat sich der GOYA Verlag dazu entschlossen,
keine Plastikfolie zum Einschweißen der Bücher zu verwenden.

FSC www.fsc.org MIX Papier | Fördert gute Waldnutzung FSC® C014496

1. Auflage 2024
Deutsche Erstausgabe

Umschlagabbildung: Solly Smook
Umschlaggestaltung: Marcelo Marques
Lektorat: Milena Schilasky
Satz: Pinkuin Satz und Datentechnik, Berlin
Gesetzt aus der Apollo MT Std
Printed in Germany
ISBN 978-3-8337-4640-6

Für Polly

BEDEUTUNG UND AUSSPRACHE VON »CWMCYSGOD«

Der Ortsname Cwmcysgod bedeutet »Schattental« (cwm = Tal, cysgod = Schatten). Es ist für die Lesenden hilfreich, zu wissen, dass sich das walisische Alphabet vom englischen Alphabet unterscheidet. »Y« und »W« sind zum Beispiel Vokale und keine Konsonanten.

Erste Silbe »cwm«: hartes »k« wie im Wort »kann«; »wm« ähnelt der Aussprache des deutschen Wortes »um«.

Zweite Silbe »cys«: hartes »k« wie oben; »ys« wird wie »as« mit kurzem Vokal ausgesprochen.

Dritte Silbe »god«: wie das englische Wort »god« für »Gott«.

Alle Silben werden gleich stark betont.

GLOSSAR WALISISCHER WORTE

Blodeuwedd	die Frau des Lleu Llaw Gyffes aus der walisischen Mythologie. Sie wurde von den Zauberern Math und Gwydion aus Blumen erschaffen.
bach	klein
cysga'n drwm	So wünscht man sich eine gute Nacht: »Schlaf tief und fest!«
Butt / butty	Slang für »Kumpel«. Ist kein walisisches Wort, wird aber nur in Wales benutzt.
Dadi	Daddy
nos da	gute Nacht
ych y fi	igitt

1 CWMCYSGOD, 2001

Als das Gras Feuer fing, wurde es schwarz, bevor man auch nur eine Flamme sah, seine Farbe verzehrt von der unsichtbaren Hitze, es blieb nur ein Flickenteppich aus brüchigen, verkohlten Stoppeln. Das junge Feuer schlängelte sich geduckt, schnell und gefräßig auf Knöchelhöhe durch trockenes Sommergras, loderte auf und erstarb wieder, am Boden verhaftet, angeschoben und mitgerissen vom Wind. Die Clements-Brüder saßen in der Hocke, angespannt und aufgeregt. Ihre Blicke verfolgten den Laufweg des Feuers, sahen zu, wie sich seine Spuren verflochten und in Fraktale fragiler Zerstörung aufspalteten, bis es schließlich zu seinem Höhepunkt anschwoll und viele Spuren zu einer breiten Walze rauchender, tanzender, verzückter Berghangvernichtung verschmolzen.

Aus den Ästen und Kronen entfernter Bäume erhoben sich Raben, breiteten die Flügel aus, ihre Stimmen kratzten am Himmel. Die Brüder wandten sich von dem Feuer ab und beeilten sich davonzukommen, begeistert von ihrem heimlichen Streich, ihrem Griff nach der Macht.

Sie gingen schweigend, die Berührung der Sonne Balsam auf ihrer Haut, der jeden Schmerz vertrieb.

Unter ihnen lag zu Hause. Cwmcysgod, dessen Dächer allenfalls von den längsten Strahlen der Nachmittagssonne gestreift wurden, was das Herz des Dorfes in ewigem Schatten liegen ließ.

Die Clements-Brüder nahmen den Schafspfad den Berg hinab, eine Schlammspur, die so schmal war, dass man immer einen Fuß direkt vor den anderen setzen und gut hinsehen musste, um sich nicht wegen eines Felsbrockens oder der Steine am Wegrand den Knöchel zu verknacksen. Dass sie langsamer gehen mussten, dämpfte ihre Hochstimmung, und als sie unten in Cwmcysgod ankamen, hatten sie bereits das Gefühl, nichts erreicht zu haben, als hätte die Pracht ihres Feuers niemals existiert.

Das Feuer jedoch raste unbeobachtet den Hang hinauf in die Wälder. Es kroch durch das Haselgestrüpp, um sich zwischen den illegitimen Sprösslingen lang gefällter Kiefern auszubreiten. Die Streu aus Kiefernnadeln knisterte und ging in Flammen auf, trug das Feuer weiter in Richtung Mitte des Waldes. Dort lag schlafend eine alte Frau, in ihren Ausdünstungen zusammengerollt auf einem Bett aus Milchkästen, Tränen der Vergangenheit hatten über ihre wettergegerbten Wangen Linien gezogen.

Der Wind ließ nach, und der Rauch sank hinab und hüllte das Dorf ein, folgte den Clements-Brüdern nach Hause. Er quoll über die Gartenmauern. Graue Rauchkringel tanzten zwischen den trocknenden Unterhosen und Laken an Wäscheleinen und machten die Reinigungsarbeiten derjenigen zunichte, die bemüht waren, all ihre Geheimnisse wegzuwaschen.

Im kleinsten der Reihenhäuser, zu dem der Rauch es am weitesten hatte, ging Mary Bone in Strumpfsocken geräuschlos über das Linoleum aus dem Flur in die Küche.

»Riechst du das Feuer?«

Ihre Tochter Catrin knallte die Küchenschublade zu und klemmte sich dabei ein Stück Haut am Finger ein. Vor

Schmerz atmete sie scharf ein und drehte sich um, begegnete dem Blick ihrer Mutter.

»Ernsthaft, riechst du das?«, fragte diese und kniff die Augen zusammen, weil sie versuchte, die Sorge wegen des herankriechenden Rauchs und die Sorge wegen der herumschnüffelnden Tochter in eine Rangfolge zu bringen.

Das Mädchen zuckte mit den Schultern, trat durch die Hintertür und schnupperte draußen in die Luft.

»Sieh mal den Berg hoch«, sagte Mary Bone. »Die fackeln das verdammt noch mal ab – diese Mistkerle ziehen wieder ihre üblichen Tricks durch. Na ja, irgendwer wird sicher die Feuerwehr rufen.«

»Wir haben keine Milch mehr, Mam. Ich geh welche holen.«

»Bring mir auch den *Argus* von heute mit. Ich muss wissen, was in der Welt los ist.« Mary legte zwei Pfundmünzen in die Handfläche ihrer Tochter und kniff sie in die Wange, als wäre sie eine Vierjährige.

»Lass das«, beschwerte sich Catrin und wedelte ihre Hand weg, bedachte ihre Mutter jedoch nichtsdestotrotz mit der Andeutung eines Lächelns.

»Du bist immer noch mein Mädchen, oder nicht?«

»Ich bin sechzehn, Mam, Herrgott noch mal!«

Mary Bone nahm die Wäsche von der Leine ab, die sie zwischen zwei rostigen Pfosten aufgespannt hatte. Eine Wäscheklammer aus Plastik zerbrach ihr zwischen den Fingern, die Feder schoss durch die Luft und traf sie am Augenwinkel.

Sechzehn.

Sie warf die Laken in den Wäschekorb und setzte sich auf die Mülltonne aus Stahlblech, um den Bergen auf der anderen Seite des *Cwm* beim Brennen zuzusehen. Sie zündete sich eine Zigarette an und dachte an ihre Schwester. In ihrer Vorstellung hatte Rosalind ebenfalls eine Zigarette in der Hand, doch auf ihre schnellte ein Gewimmel aus Männerhänden zu, die ihr alle Feuer geben wollten. So war es immer gewesen.

Mary ließ ihre zu Ende gerauchte Zigarette fallen und sah zu, wie der letzte halbe Zentimeter bis zur Spitze verglomm. Rosalind klappte ihr silbernes Zigarettenetui zu.

In dem Laden an der Ecke saß die alte Mrs Williams in ihrer ganzjährig getragenen Kombination aus Strickjacke und Mantel auf einem hohen Hocker hinter der Theke. Ihr winziges Gesicht lugte aus dem Kopftuch hervor, das wie eine Schraubzwinge unter dem Kinn verknotet war. Marys Tochter Catrin ging zum Kühlschrank hinten im Laden und nahm die letzte Packung Milch heraus. Sie hatte Daniel Clements nicht bemerkt, der sich zwischen den Regalen vor ihr wegduckte.

Mrs Williams behielt Shane, den älteren Bruder, im Blick, der die Pornoheftchen befingerte, von denen sie stets eine ansehnliche Auswahl im Laden vorrätig hatte. Beobachtete, wie er sich Seite für Seite in gespreizte Beine und leichtfertige Versprechen vertiefte. Diese Teenager, die einem hier im Laden die Luft wegatmeten. Es überhaupt nicht eilig hatten. Daran waren die Mütter von heute schuld: Im ganzen Tal hatte es seit Jahren keinen versohlten Hintern mehr gegeben.

Die alte Frau brummte vor sich hin und nahm nickend zur Kenntnis, dass Catrin die Milch und die Zeitung bezahlte.

Auf dem Weg hinaus musste sich Catrin an Shane Clements vorbeizwängen. Sie machte sich ganz dünn, um ihre Existenz auf ein Minimum zu reduzieren, aber seine Augen fanden ihre Brüste trotzdem. Aus der Nähe rochen seine Klamotten nach Rauch. Catrin trat hinaus auf den rissigen, klebrigen Asphalt und atmete eine Scham aus, die nicht sie hätte empfinden sollen, dann machte sie sich auf den Heimweg den Hügel hinauf.

Dai Bevel stand dicht hinter seinem Gartentor und beobachtete, wie Catrin vorüberging, auf dieselbe Weise, wie eine Eule einer Feldmaus mit den Augen folgen würde: der Körper bewegungslos, die Krallen einsatzbereit, Kopf um die eigene Achse drehend.

»Du siehst aus wie Rosalind Bone …«, sagte er. »Ohne die Schönheit.«

Das sagte er immer, wenn er sie sah. *Dai Widerling Bevel.*

Um sechs Uhr tauchten von der Landstraße her Löschzüge mit eingeschalteten Sirenen auf. Die Reihe der Haustüren entlang der Hauptstraße öffnete sich. Auch in den Nebenstraßen traten die Leute auf die Türschwellen ihrer Reihenhäuser, begierig nach etwas Aufregendem. Arme verschränkten sich vor Brustkörben, Hälse wurden gereckt. Sie schüttelten die Köpfe über dieses Clements-Pack und gingen eilig wieder hinein, schlossen die Türen, um Abendbrottische zu decken, Fernseher einzuschalten oder den Trost zu schlürfen, der sich in einer Tasse Tee finden lässt. Mary Bone kam nicht auf die Straße. Sie saß auf der Mülltonne hinter dem Haus und zündete sich eine weitere Zigarette an.

Catrin stellte die Milch in den Kühlschrank und warf einen Blick auf das Foto, das in der Schublade versteckt lag.

Wie es wohl sein muss, wenn man so aussieht.

Das Tageslicht schwand, und Scheinwerfer pulsierten wie Glühwürmchen die Hauptstraße entlang. Erst kroch die Dämmerung, dann die Dunkelheit über Cwmcysgods Kohlemine, legte sich über die Terrassen, schwärzte den aus Backstein und Stahl bestehenden Kadaver der verfallenen Fabrik. Die Nacht verschluckte das Dorf und das Tal und zuletzt auch den Himmel darüber. Auf der Hauptstraße nahm, schwach bernsteinfarben erleuchtet, ein weiterer Samstagabend seinen Lauf. Junge und alte Füße trotteten in den Pubs aus und ein, gingen ins Mitre, um Bingo zu spielen, ins The Lamb für Karaoke. Tausend Seelen folgten ihren Fußstapfen der vorangegangenen Nächte und Wochen und Jahre. Vertieften die Spurrillen ihrer Leben in den Bordsteinen und Türschwellen.

Dai Bevel stand mit schmerzenden Hüften in seiner kleinen Küche am Gasherd und machte sich Milch warm in der allabendlichen Hoffnung, damit den Schlaf anzulocken. *Cysga'n drwm*, hatte seine Mutter immer gesagt, bevor sie ihn für die Nacht in seinem Zimmer eingeschlossen hatte.

Die Clements-Jungen lungerten im Dunkeln vor ihrer eigenen Hintertür herum, spähten durch den Spalt zwischen den Vorhängen und warteten darauf, dass ihre Mutter auf dem Sofa dank Fernsehen und Cider vom Schlaf übermannt wurde, sodass sie an ihr vorbeischlüpfen konnten in ihr Zimmer mit den Stockbetten, in denen sie liegen und von den Freuden der Brandstiftung träumen würden.

Am Dorfrand standen die Tanksäulen still da, abgeschlossen und unbeleuchtet. In der Wohnung über der Werkstatt fuhr Paul Rhys mit den Fingern über die Wange seiner Ehefrau, die er liebte. Sie lagen nackt nebeneinander, seine von Selbstbräuner getönte Haut spannte sich glänzend über dem akribisch trainierten Körper. Seine Frau Karen war zurechtgemacht und parfümiert, hatte jedes Molekül der Arbeit des Tages tief in den Abfluss hinuntergespült, damit sie ihm wie jeden Abend vollkommen reingewaschen im Bett begegnen konnte. Beide spürten das pulsierende Leben des anderen. In ihrem Schlafzimmerspiegel hing die omnipräsente Reflexion des neonfarbenen Esso-Schriftzugs und blinkte werbend allen zu, die vorüberkamen. Karen Rhys ließ ihre schlanken Finger durch das dicke, benzingeschwängerte Haar im Nacken ihres Mannes gleiten, zog es fest zu sich heran und raunte ihm Liebesworte zu.

Spätestens um drei Uhr morgens legte man alle Füße hoch, alle Köpfe nieder, und die Gedanken hatten wie unbeaufsichtigte Kinder freien Lauf durch die schlafenden Hirne von Cwmcysgod. Doch am Rand des Waldes über dem Dorf war die alte Frau nun erwacht, ihre Lunge brannte vom Rauch. In ihrer Hast, dem Feuer zu entkommen, stolperte sie über eine Baumwurzel. Sie lag verletzt und mit gebrochenen Knochen da und zwang sich zum nächsten Atemzug.

Ein, tief und aus.

Ein, tief und aus.

Ein Käfer krabbelte über ihre Wange. Sie erwog, eine Hand zu heben und ihn auf das Laub hinabzuwischen, aber es kostete zu viel Mühe. Sie öffnete und schloss die Augen, sah flüchtige Lichtpunkte, die unten im Dorf nutzlos schimmerten.

Ein, tief und aus.

Ein, tief und aus.

Sharon, die Mutter der Clements-Jungen, erwachte in ihrem Sofakokon aus Kissen und Decke. Sie griff nach der Fernbedienung und schaltete den Fernseher aus. Frieden. Auf gewisse Weise. Sie zerdrückte ihre leere Dose Cider und sehnte sich nach den Zigaretten, die zu rauchen sie aufgegeben hatte, um ihren Söhnen ein gutes Vorbild zu sein. Sie schlich sich nach oben in deren Zimmer. Ihre Jungen, die den ganzen Tag lang die Welt in Brand gesetzt hatten, ließen im Schlaf ihre wahren Seelen erkennen. Gesichter so glatt wie Kieselsteine, alle Sünden fortgewaschen von den Gezeiten der Nacht. So gehörten sie noch immer ihr.

Mary Bone zog sich die Bettdecke über die Schultern und drehte sich in ihrem Einzelbett auf die andere Seite. Sie träumte, dass es brannte. Sie und ihre Tochter standen am Rand des Gartens und sahen, wie das Feuer das Tal herunter auf sie zuraste. Mary hob heruntergefallene Backsteine auf und versuchte, die Gartenmauer damit höher und dicker zu machen. Catrin stand wie erstarrt da und beobachtete, wie die Flammen auf sie zukamen. Als das Feuer an der Mauer leckte, nach zu verbrennendem Bone-Fleisch brüllte, fiel Mary auf die Knie und betete wie der Teufel zu John Thomas, dem Dorfapotheker, um die Erlösung ihrer aller Seelen. Catrin lockerte einen Backstein, zog ihn aus der Mauer und tauchte ihre Hand ins Feuer.